Travessias

TRAVESSIAS *Contos*

Suzana Montoro

REFORMATÓRIO

Copyright © 2020 Suzana Montoro
Travessias © Editora Reformatório

Editor
Marcelo Nocelli

Revisão
Marcelo Nocelli
Natália Souza

Imagem de capa
Kateryna Mashkevych (iStockphoto)

Design e editoração eletrônica
Negrito Produção Editorial

Dados Internacionais de Catalogação na Publicação (CIP)
Bibliotecária Juliana Farias Motta (CRB 7-5880)

Montoro, Suzana, 1957-
    Travessias: contos / Suzana Montoro. – São Paulo: Reformatório, 2020.
    112 p.: 14 x 21 cm.

    ISBN 978-85-66887-71-6

    1. Contos brasileiros. I. Título.
M798t   CDD B869.3

Índice para catálogo sistemático:
1. Contos brasileiros

Todos os direitos desta edição reservados à:

Editora Reformatório
www.reformatorio.com.br

*Para Mônica, prima querida
que fez do abismo travessia.*

> *"Digo: o real não está na saída nem na chegada:*
> *ele se dispõe para a gente é no meio da travessia."*
>
> João Guimarães Rosa
> *Grande Sertão: Veredas*

13 I. ENTREGA
15 Entrega
19 Fome
25 Confronto
29 Vento solar
33 Escuros e claros
39 Todos os sabores

45 II. CIDADELA
47 Vestido amarelo
51 O dois, o um, o meio
55 Os contornos da rotina
61 Última sessão
67 Cidadela
73 Fronteira

77 III. NASCENTE
79 O tempo de cada um
85 Poema de você
89 Acima das montanhas
93 Meu suor vem do cloro
99 Baccarat
103 Nascente

I
ENTREGA

Entrega

Várias vezes eu parava e olhava aquela casa. Sem motivo algum. Lembro-me de vezes em que vi pessoas entrando, mas há muito não notava movimento. Não havia, porém, sinais de abandono. O jardim estava cuidado, as paredes bem pintadas, os vidros limpos. Eu me impressionava com essa fachada de casa habitada sem presença, como se fosse um sítio arqueológico denunciando a vida de pessoas que jamais seriam vistas de novo.

Olhar a casa foi se tornando um vício irresistível e furtivo que eu, sempre tão regrada e cheia de disciplina, passei a fazer conduzida por uma atmosfera licenciosa. Muitas vezes aquele nem era o meu caminho e de uma forma ou de outra, ainda que inicialmente um pouco a contragosto, arranjava uma desculpa para ao menos passar na frente dela. Em determinado momento cheguei a censurar-me com veemência por essa necessidade e julguei que tudo não passava de uma ideia estapafúrdia, mas como um polvo e seus tentáculos a ideia foi se alastrando e agarrando qualquer pensamento que eu pudesse ter e por fim tomou conta de mim. Agora só restava um único e obsedante pensamento: entrar na casa. Se alguém questionasse o porquê, duvido que eu tivesse resposta, talvez coçasse a cabeça, olhasse para um lado e outro e desse de ombros tentando escapar da pergunta. Eu não sentia necessidade de entender a decisão. Apenas de realizá-la.

De um jeito tímido, fui me acercando da casa, a cada dia me detendo mais tempo, observando a fachada, averiguando ruídos e possibilidades, apropriando-me dos detalhes como um pintor se apropria da paisagem com suas tintas e pincéis. Ao sentir-me confiante, dei os primeiros passos no caminho de pedras que conduzia à entrada e subitamente parei, um campo de magnetismo parecia envolver aquela porta me deixando hirta e contemplativa, esquecida diante de algo que me absorveu como um redemoinho. Até que um ruído na folhagem fisgou minha atenção. Era apenas um gato sorrateiro que logo desapareceu por entre os arbustos e serviu para me tirar do entorpecimento. Com a respiração ofegante e o coração quase explodindo, girei o corpo e afastei-me da porta fazendo um esforço tremendo para não voltar atrás e correr solta em direção daquilo que me atraía.

Nos dias subsequentes, fui tomada por uma ânsia e inquietação vibrando incandescentes pelo corpo inteiro. Sentia-me acossada pela dúvida, o desejo veemente de voltar à porta e a recusa peremptória em prosseguir, atração e repulsa, duas bandeiras tremulando diante dos meus olhos. Sem encontrar saída, reconsiderei o absurdo da decisão de entrar na casa e fui bastante austera comigo mesma: fantasias, apenas isso. Concentrei-me em novos projetos com a vontade férrea de me distanciar da ideia, embora aquele pulsar ancorado, um latejar miúdo e constante que se fazia intenso quando tudo ao redor se aquietava. Por mais que tentasse evitá-lo, mais profundo ele vibrava. Uma sede insaciável. Embebida por essa espécie de instinto de sobrevivência que desenha o oásis na imaginação do peregrino, voltei à casa.

Cautelosa, tentando contornar a euforia, me concentrei na vegetação do jardim — os gerânios, a sebe de azaleias, e aí vi o gato que saltava para dentro do arbusto, parecendo mergulhar num abismo insondável, e depois saía, desarvorado. Vê-lo assim, ao mesmo tempo concentrado e alheio, abrandou-me a guarda e, acompanhando o odor serradiço dos gerânios, avancei no caminho de pedras até chegar à porta. Como se diante de um relicário, toquei com a ponta dos dedos os veios daquela madeira resistente que se antepunha entre mim e a casa. E outra vez o magnetismo que inquietava e fascinava. Recostei-me na porta, as costas foram relaxando e se amoldando aos gomos da madeira, o gato voltou a fazer suas gatices e eu fiquei parada, olhando as pedras e os gerânios com uma sensação de prazer e bem-estar maior do que tudo o que experimentara até então.

Depois disso foi como se passasse a enxergar o mundo com outros olhos. O ar dissimulado que antes procurava aparentar e a atitude discreta com que sempre me conduzi transformaram-se em mirada ostensiva. Na verdade, a intenção é que era ostensiva. Assumi uma postura altiva, certa soberba até. Havia agora destemor e desembaraço em qualquer gesto que fazia. Deixei de questionar a sensatez dos meus atos e passei a agir sem qualquer planejamento. Ia seguindo e quando dava por mim estava novamente diante da porta. Ao redor o gato, o arbusto e as jardineiras da entrada em perfeita harmonia e eu parte inevitável daquela paisagem. Talvez tenha sido aí, quando tudo parecia encaixado como peças em um mosaico, que entrar na casa passou a ser secundário. Eu queria apenas estar lá, sentir o cheiro do entorno, o aconchego da porta. Já não havia desejo de mais nada.

Tudo o que havia era o gato roçando minha pele como eu roçava aquela porta, e aos poucos meus braços foram se entranhando nos veios da madeira, meu corpo foi ficando lenhoso enquanto os poros iam se adensando, uma rugosidade macia se insinuava e onde antes havia pelos agora eram farpas sedosas e eu me preenchendo dos filamentos, sentindo o pulsar da seiva enquanto a lignina se depositava em cada célula do corpo e apenas recostei a cabeça no cerne da madeira quando senti o gato arranhando a minha base como se quisesse ele também adentrar a porta.

Fome

Os grandes espelhos laterais que cobriam o hall do quarto de hotel eram como os de seu ateliê. Uma boa lembrança antes de abrir a porta e sair com passos firmes, embora a tensão costumeira na boca do estômago. No corredor, aceitou o assédio de um repórter e seu fotógrafo e a conversa foi rápida até a chegada da assistente que o conduziu ao elevador.

Ainda não se acostumara às entrevistas, cerimônias de comemoração e aos tantos convites para palestras, eventos ou cafés. A todos respondia com a mesma atenção reservada. Não por um desejo de manter-se distante da vaidade, mas sim pela aura de alheamento que sempre o envolvera. Ou talvez porque sentisse tão profundamente aquela impressão aguda de vazio na barriga. No elevador, a falta de espaço acentuou a sensação. Esquivou-se do desconforto com a displicência de quem tira um chapéu da cabeça e o joga para longe e soltou um longo suspiro ao entrar no palco e olhar para o auditório. Na face, o sorriso cordial dava as boas-vindas aos jornalistas. Preocupado em contornar o nó na boca do estômago durante a entrevista, ia girando a cadeira de um lado para outro, o que produzia uma dança sincronizada dos pés, ora descontraídos, ora em ligeira tensão, enquanto procurava a direção da resposta e o rosto de Laura na plateia.

O que mais queriam saber era como tinha chegado àquele padrão cromático e à perspectiva dada pelo arranjo das imagens na série de pinturas e desenhos que desembocaram na grande obra-prima, uma tela de dimensões colossais que poderia ser comparada, guardadas as devidas proporções, à Guernica. Não havia pensado em nada disso enquanto fazia o mural, simplesmente dera vazão ao impulso de pintar, como sempre acontecia: ficava diante das cores, desligava o telefone (com a campainha nem tinha de se preocupar, há muito estava quebrada) e assim, fechado no estúdio e esvaziado do mundo e do tempo, ele partia como se o ato de pintar fosse uma grande embarcação conduzindo-o mar adentro. Gostava de trabalhar até a exaustão, alguma pausa só para o banho que lavava o corpo da tinta velha. Conhecia o prazer da chegada ao porto quando a travessia era contínua, o que nem sempre era possível. Terminada a obra, e o impulso, era esperar secar, entregar para a galerista e deixar-se absorver pelas circunstâncias do cotidiano. Tudo o que viesse de comentários da crítica especializada não importava, o que o movia adiante era a obra em si e nada mais. Por isso tanto estranhamento ao se ver envolvido numa grande cerimônia, ele, que costumava pintar trancafiado no ateliê e de costas para o mundo, como Laura costumava dizer. Um dia você também se cansará, foram as palavras dela na despedida. Agora ela estava de volta, na plateia, os cabelos soltos cobrindo parte dos ombros e da echarpe colorida. Laura, ele falou com os olhos e ela sorriu, o mesmo sorriso que dava ao aninhar-se na hora de dormir.

Foi questionado sobre a série de esboços para o mural, diferente do padrão de fazer obras únicas e separadas. Não, uma obra nunca está isolada, tudo faz parte do todo, uma pintura leva à seguinte, sem uma não se chega à outra; estou sempre pintando o mesmo quadro, me parece, como se fosse uma pincelada contínua. Mesmo que não se enxergue a conexão? Eu enxergo, foi a resposta. O que leva à criação tem de estar preservado das especulações rasteiras. O mesmo que tinha dito a Laura quando ela se queixara da ansiedade dele sempre que distante do ateliê, são momentos em que você se afasta ainda mais. Se fico longe é para me aliviar e encontrar a nuance exata do novo trabalho, você me entende? Ela entendia, mas queria mais do que um encontro entre um quadro e outro. Quando o filho era pequeno, as demandas de cuidados supriam a carência, mas agora, o filho crescido, se disse cansada. Como explicar a ela e a todos o estado de ebulição em que se deixava arder até o ponto exato da criação? Sem isso não existe arte. Com isso não existe casamento, foi o que ela falou ao saírem da entrevista.

A última obra e tudo o que veio em seguida – a exposição excessiva, as coletivas de imprensa e um sem fim de convites e solicitações, deram-lhe a sensação de ter finalizado alguma coisa. Talvez Laura tivesse razão, poderiam tentar de novo. A primeira providência foi a viagem, escolheu a praia, um lugar de umidade e contemplação, nada mais. Deixou-se levar pelo barulho do mar, o movimento das ondas e o aconchego de Laura. Achou que tinha encontrado um remanso para a inquietação. Ao voltarem à cidade, desmontou o ateliê. Foi a primeira vez em que deixou alguém entrar, primeiro Laura, depois o filho, que sugeriu a festa de despedida e a venda dos trabalhos, por que não? O cheiro de tinta não lhe causava mais frisson, não encontrava mais a resistência interna que o levava à criação ou o caótico com sua necessidade premente de se organizar. Considerou concluído seu trabalho. Recusou a festa, não era preciso tanto estardalhaço. Deixou para o filho a venda das obras e se desfez de todo material remanescente, exceto as tintas de cores primárias e os grandes espelhos que o ajudavam a enxergar a perspectiva nas pinturas.

Como um balão que vai perdendo altura, ele aos poucos foi se esvaziando de tudo o que fizesse referência à atividade artística e passou a viver em harmonia com Laura, uns poucos amigos, o filho ausente e a vida cotidiana sem grandes arroubos e nenhuma ebulição. Não sentia falta do passado. O vazio na barriga foi confundido com uma fome rasa, porém insaciável; passou a comer mais e mais, ganhou peso, até que procurou um médico e começou com as tais caminhadas. Fez delas seu trabalho diário. Não mais tintas nem cores, nenhuma efervescência criativa, apenas a prescrição de caminhadas e dieta, exercícios e privação.

Um cão sem dono farejando lixo, assim ele passou a se mover pela cidade em busca de alívio para a fome de impressões que lhe trouxessem algum arrebatamento. Não entendia essa urgência que passou a assediá-lo. Começou com aquele desconforto e um gosto estranho na boca, mas que depois se fazia notar a partir de qualquer sensação, podia ser uma simples coceira na nuca ou nos pés — a aura que precipitava a crise, e no momento seguinte lá estava ele com o olhar sedento de um contato com a vida que fosse a uma só vez asfixiante e libertador. Atribuiu seu estado à mudança de dieta. Passava horas andando, cruzava parques e praças, conversava com estranhos, embarcava em diferentes ônibus sem saber o destino, ouvia silêncios, suportava a ausência do que não conhecia e só dormia quando esgotado. Não que experimentasse uma sensação de morte iminente, mas sentia-se suspenso entre o viver cotidiano e o anseio por um instante de eternidade. E era nesse entre que ia se equilibrando, meticuloso e decidido, como se numa linha esticada sobre um abismo.

Laura questionou-o, por que não parar com essa busca e viver simplesmente como todos, entremeando o conforto do cotidiano com os pequenos vislumbres de alegria ou espanto que se acumulam ao longo dos anos. Seria um homem sereno. Mas ele não sabia como escapar. E a pintura?, ela provocou, poderia voltar a ela. Não enquanto não terminasse o tratamento médico, só depois de retomada a forma física estaria pronto para a vida. Dia após dia, tudo nele era um pulsar de espera.

Até que numa tarde, ao voltar para casa, teve fome e pegou dois ovos para o jantar. Estava exausto, mas uma vibração diferente no corpo o levou a um estado de alerta. Sabia deixar-se surpreender. Olhou para os ovos com vagar. Sentiu a textura, a exata resistência da casca à pressão dos dedos, a forma absoluta que não se rendia a nenhum parâmetro, o tom de bege absoluto e irretratável – toda uma simetria destinada a um fim, e diante deste nada aparente reconheceu o clarão da eternidade, quase a felicidade suprema. Tivesse asas, as teria sacudido para depois acomodá-las no lugar como fazem os grandes pássaros no regresso de um voo. Em seguida, quebrou os ovos e preparou a omelete.

Saciado, olhou-se no espelho como se olhasse para um de seus quadros. Procurou pelas tintas guardadas e ali mesmo no prato começou a misturá-las. Era hora de voltar à pintura. Até a próxima fome.

Confronto

Homem e cão estavam frente a frente, o olhar de um fixo no olhar do outro. Na mão do homem, o revólver em direção à testa do cachorro, uma determinação à espera. Era cedo ainda, os filhos não tinham acordado para ir à escola, mas certamente despertariam com o som do tiro. Eu deveria usar silenciador, o homem pensou, o suor brotando na testa. Sentiu as costas frias, embora a temperatura amena. Talvez fosse a umidade dos pés se misturando à tensão. A chuva da noite deixara a grama molhada e ao atravessar o quintal para chegar ao quarto do cachorro, tinha encharcado os chinelos. O cachorro exalava odor de pelo molhado. Ou seria cheiro do medo? O medo do homem e o medo do cão frente a frente. Agressividade e defesa em um e no outro. O homem sabia que a mulher dentro da casa aguardava pelo som do tiro que daria ponto final para o ocorrido. Quantos dias teriam se passado desde a vinda do animal para o quarto de despejos. Quanto tempo ainda até apertar o gatilho. Um raio de luz cruzou a vidraça e iluminou os olhos do cachorro, pupilas pretas, enormes, encarando o homem enquanto rosnava diante da imobilidade da cena. O homem aparentando firmeza enquanto a barriga se contorcia espremida pelo adiantado da hora. Bastava atirar e dar fim à agonia. Homem e cão, o duelo quase silencioso não fossem as vísceras de um e o instinto em alerta do outro.

O sol abriu espaço na penumbra do quarto, os pelos ficaram cobertos pela luminosidade úmida da manhã. No homem, uma súbita mornidão prazerosa na nuca lembrou o abraço da filha antes de dormir, as mãozinhas fazendo cócegas no pescoço, o cachorro é bonzinho, não é? É manso, só está assustado, filha, e no abraço o pai abandonava o temor. E se ela acordar com o barulho do tiro? A lembrança do aconchego da filha no colo, o dedo travado na arma, o latido parado na garganta. O homem podia antever a espera da esposa e o sono das crianças dentro de casa. Era para ser um dia como outro qualquer, levar os filhos à escola, ir ao trabalho, voltar cansado, escutar os relatos do cotidiano, procurar diversão com a mulher depois do sono dos filhos. A rotina inerte sacudida pela vinda do cão. Por que não tentar domesticá-lo para ser cão de guarda? Não fosse a resistência e aversão da mulher diante da natureza animal: o cão é parente do lobo, um carnívoro provido de garras que podem ferir as crianças e nunca se sabe do que é capaz um cão quando está faminto ou acuado como este, viram bichos do diabo, o melhor é matá-lo, um tiro apenas, a mira certeira bem no meio dos olhos, é tiro e queda e não se discute mais. O peso da arma, o avançar da hora, a dúvida paralisando os movimentos até que escuta o chamado da mulher, os filhos tinham acordado. O homem baixou o braço, o cachorro baixou as orelhas, o alívio da trégua à espera da manhã seguinte.

A filha caçula não quis sair da cama, estava cansada e sem vontade de ir para a escola. Consigo ver o cachorro daqui da janela do quarto, ela disse quando o pai foi beijá-la. O cachorro tem fome, posso dar comida? O pai saiu sem responder. A mãe se fez de rogada e desconversou.

Dia seguinte, sábado, o homem perdeu a hora e acordou com os filhos agitados ao redor da cama, pai, pai, vamos ver o cachorro? O homem foi sozinho até o quarto de despejos, abriu a porta e o cachorro ainda estava lá, deitado no tapete. O animal rosnou e levantou a cabeça, só a cabeça, o corpo permaneceu no chão, patas da frente em prontidão, orelhas erguidas e nenhum movimento mais, homem e cão se olhando, medindo distâncias em desafio, ao avanço de um viria a resposta do outro, mas nenhum foi além do estabelecido, o encontro da véspera já demarcava pequena intimidade e cada um respeitou o território do outro, o quartinho do cão na casa do homem. No meio da manhã o filho mais velho trouxe o pote com água e o deixou na entrada do quarto. Depois do almoço, a tigela com os restos de comida foi colocada pela caçula numa distância segura entre a porta da casa e a porta do quarto dos fundos. O mesmo foi feito no domingo. Antes de dormir, a esposa resistiu às carícias do homem e definiu que seria na manhã seguinte, um tiro certeiro e nada mais se diria sobre o assunto. Só depois da morte do animal a vida voltaria ao costumeiro remanso.

No meio da noite o homem acordou com um ruído áspero do lado de fora, entreabriu a janela para ver o cão empurrando a tigela de comida para perto da casa. O cão levantou a cabeça, viu o homem na janela e voltou para o quarto de despejos sem susto. Depois disso o homem não conseguiu reconciliar o sono, uma inquietação desconhecida deixava-o desperto. O cão já não lhe parecia tão ameaçador, mas era ainda um entrave à harmonia da casa. Quando começou a clarear, saiu da cama em silêncio para não acordar a mulher, recolheu a tigela, encheu-a de comida e colocou de volta no mesmo lugar intermediário. O cão esperou o homem sair de perto para se aproximar. O homem entrou em casa, pegou a arma e voltou para fora, o cachorro ainda comendo nem se moveu, apenas rosnou e fez um leve meneio de cabeça, e quando o homem chegou perto o cão saltou para cima, a arma foi ao chão, homem e cão se enfrentaram em igualdade de condições, braços e patas, intelecto e instinto, forças alinhadas em uma luta que durou o tempo necessário até que o que parecia um grito vindo de algum lugar interrompeu o embate, homem e cão se apartaram, o homem foi para dentro da casa, o cachorro saiu para a rua, no corpo de cada um as marcas deixadas pelo confronto.

O cachorro e o homem não mais se enfrentaram.

Todas as noites, antes de ir para a cama, o homem espia pela janela e vê o cão deitado bem na frente de seu quarto. Ao perceber o olhar, o animal levanta-se, desenha um círculo ao redor de si mesmo e se deita de novo. Só então o homem pode dormir e sonhar.

Vento solar

Você ligou bem cedo inundado de lembranças, queria confirmar as recordações, saber se realmente tínhamos estado em determinado show num remoto domingo de sol quando as apresentações ao ar livre na cidade apenas começavam, não sabia se a memória era de fato real ou uma simples fantasia pinçada de um sonho, eu confirmei a ida ao show embora o parque fosse outro e o músico também, porém pouco importava, o que compartilhávamos naquele momento em que você me chamava de volta era a sensação de felicidade e êxtase de um tempo em que usávamos as mesmas roupas e passávamos pelas mesmas coisas, e num instante ficamos de novo encantados e falamos palavras carinhosas, eu podia escutar no tom de sua voz e nos silêncios que adensavam as pausas o seu desejo, o nosso desejo, e um jeito de estarmos no mundo repletos de esperanças, confiantes na vida que teríamos pela frente, nós tão jovens e tão musicais e com essa sensibilidade que nos diferenciava dos outros e nos juntava. Ao desligar, continuei vibrando na mesma sintonia e foi com o frescor daquela época que atravessei o dia e me deixei levar pelo turbilhão de imagens a ponto de na volta do trabalho errar o caminho de casa feito uma ave que se perde no voo migratório.

    O peso da rotina se impôs e na manhã seguinte não teria lembrado de nada não fosse sua mensagem no celular, uma longa narrativa, quase uma carta, anexando mais lembranças àquele lugar no peito que aquecia e estufava igual a um fole se sustentando numa única nota. Lugar do coração, você disse, e eu ri do raciocínio tão raso e simplista, era sempre assim, eu desenvolvendo intrincadas teorias filosóficas enquanto você ria e tocava violão com seu jeito solto, tantas canções nos embalando e nós sempre afoitos em nosso desejo. Lembramos de outro show numa sala de aula da USP, nós sentados no chão e você assobiando um trecho de música para o cantor, todos afinados e felizes num tempo de estar de bem com a vida. O assobio ficou ressoando na memória e eu não sei se as horas demoraram a passar ou se deixei coisas por fazer, apenas o calor prazeroso na barriga e o riso fácil marcaram meu dia. À noite, vasculhei os discos de vinil, escutei nossas músicas, mas aí já não éramos você e eu, era apenas eu e aquele lugar interno, você longe e o passado perto.

Durante dias seguidos nos correspondemos por mensagens, nenhum dos dois fazia a pergunta esperada, não queríamos nos embrenhar no presente e perder a clareira onde nos abrigávamos a salvo do cotidiano. A lembrança do nosso reencontro naquele parque ensolarado numa manhã de domingo foi se espraiando pelas mesmas esquinas paulistanas e pernambucanas e percorrendo as montanhas mineiras que nunca subimos mas entoávamos em todas as canções e era o quanto bastava para que o magnetismo daquele tempo criasse um cenário de luzes jamais imaginadas, nossa luz e nosso mistério. Não precisávamos mais conversar para confirmar a veracidade das lembranças, o efeito já se produzira e vibrar naquela sintonia dependia agora de manter viva a chama, cada um por sua conta.

Você por fim propôs o encontro. Coloquei empecilhos, mudei de assunto. Na verdade, eu temia que qualquer interferência desmanchasse o vigor das lembranças de maneira arrebatadora, era quase como se quiséssemos pegar um ovo com os pés ou colher delicadas flores silvestres com luvas de amianto, eu achava que nada aqueceria mais o peito do que o lugar íntimo que tínhamos tocado e o nosso encontro poderia enregelar lembranças e disposição.

Depois de tanta insistência, concordei. Marcamos no hall de um hotel no centro. Cheguei adiantada contrariando o passado, era sempre você quem esperava, mas dessa vez eu me antecipei, a ansiedade poderia me engolir não fosse a xícara de café naquele bar do hotel que de repente ficou repleto de corretores saídos de uma convenção. O falatório excitado me tirou do profundo das nossas recordações, fui me esgueirando como um lagarto e me afastando do ponto de encontro quando reconheci você na entrada do saguão, embora o jeito mais arrastado de caminhar, o cabelo sem cachos, o rosto sem barba e os olhos já tão pequenos que desapareciam por detrás das lentes grossas. Gritei seu nome e de nada adiantou, o som do vozerio acobertando a voz de um passado que não poderia voltar, eu quis ir embora, você deve ter me visto ou foi a coincidência dos passos que nos deixou frente a frente na calçada, mudos e sorridentes, você mais do que eu, como costumava ser, e no abraço senti seu suor litorâneo, lembrei do nosso cheiro e se fechasse os olhos talvez voltasse àqueles dias em que ficávamos lado a lado na janela ouvindo a paisagem de Olinda, mas meus olhos não se fecharam e meu coração acelerado batia duro, você não soltava o abraço como se ainda pregado ao som do frevo daquelas ladeiras, só que o tempo agora era outro e ao nos afastarmos nosso sorriso já era menos solto. Você disse que tinha fome, eu perguntei de quê, de comida, você respondeu, do que mais poderia ser. O abismo estava lá, nosso medo e nossa represa. Mesmo assim, tentamos contorná-lo.

Em casa, pegamos o violão e percebemos que nossa voz já não alcançava os agudos. Você insistia nas músicas do passado e aquilo soava dissonante aos meus ouvidos, era como impedir que novos acordes nos cantassem e de repente, como uma aragem súbita que sacode cortinas e derruba pequenos objetos, você mudou de ritmo e em nova melodia mostrou suas composições, eu cantarolei meus versos e assim, num arremedo do passado, apagamos as luzes, nos deitamos no tapete e inventamos estrelas no teto da sala, você contou do seu casamento, eu contei do meu, você falou dos filhos, eu falei dos livros, e passamos a noite juntos até enxergarmos num improvável cenário urbano o amanhecer colorido que o vento solar soprava.

Nossas músicas de hoje são outras, mas ainda moro na mesma rua. Sempre que você vem, a casa inteira cintila como um céu na aurora boreal.

Escuros e claros

Enquanto Rosa aguardava pelo café na ampla sala de espera do cinema, lembrou-se das palavras da neta ao ir para a cama: eu não gosto de escurão. Era a maneira de dizer que alguma luzinha tinha de ficar acesa para, no caso de acordar no meio da noite, saber de imediato que estava na casa da avó. Antigamente não era assim. Lembrou-se de quando ela mesma era criança e de suas noites de completa escuridão.

Escolheu um bolo para acompanhar o expresso antes da sessão. Acomodou-se junto à pequena mesa redonda, o salão de espera quase vazio, apenas um casal numa mesa próxima e em outra, mais ao fundo, uma senhora olhando fixo para o chão. Não costumava ir ao cinema nesse horário, as tardes eram de trabalho, mas estava livre aquele dia e por que não? Gostou de abrir a rotina, um sentimento de liberdade parecido ao de se permitir a luzinha acesa durante a noite. Também para ela a claridade era reconfortante, a mesma sensação de acolhimento de quando entrava na sauna e o corpo ia se aquecendo até o momento em que a temperatura ficava na medida exata; durava um nada, logo começava a transpirar e o suor ia se misturando ao cheiro amadeirado da sauna enquanto a luminosidade se adensava, baça e macilenta. Era a espécie de emoção desinteressada que sempre buscava.

A mulher da mesa no fundo continuava com a mesma atitude, quem sabe procurando alguma coisa caída, e no momento em que Rosa foi pegar o café, escutou o barulho estridente da cadeira e então viu a mulher caída no chão, os braços paralisados no ar como se tentando pegar uma coisa invisível, os olhos arregalados, certa audácia especulativa em direção ao nada. Rosa foi acudir, um homem também apareceu e ficaram os dois tentando reanimá-la, senhora, senhora, nenhum sinal de presença, meu deus, o homem disse buscando ele também o invisível, tinha desespero em sua voz e na cabeça de Rosa já começava a se desenrolar um fio de lembranças, qualquer situação, ainda que nova, acessava emoções conhecidas. A senhora mexeu os olhos, depois as mãos, em seguida fez menção de se levantar, mas não havia força nem presença em seu gesto, o olhar continuava vazio. Mais gente tinha aparecido, levantaram a cadeira, ajudaram a senhora a se sentar e logo vieram perguntas e palpites, pediam o número de algum parente, cogitavam a possibilidade de chamar uma ambulância, e Rosa sabia que em momentos assim, de atordoamento, qualquer pressão, a menor que fosse, traria mais susto que conforto. Voltou para sua mesa e esperou, lembrando de um momento na noite anterior em que acordou sobressaltada estranhando a porta do quarto aberta e a luz acesa, um pequeno instante de espanto até se dar conta de que a neta dormia no quarto ao lado.

A senhora continuava com a expressão perdida como se boiasse numa imensidão de água parada. Apenas uma pessoa continuava com ela, a funcionária do cinema de peitos grandes e gestos delicados, um rosto que não era bonito, mas inspirava confiança, exatamente a presença capaz de acolher o inusitado da situação. Rosa ocupou a cadeira vazia da mesa e ofereceu um pedaço do bolo. A senhora perguntou o que tinha acontecido e Rosa foi descrevendo a cena da queda, os olhos parados, a vacuidade de segundos demorados parecendo que também o tempo se esvaziava por um momento. Foi uma escuridão passageira, a senhora falou. Anita, seu nome. A funcionária do cinema foi quem disse, estava telefonando para a filha. Já é uma luz, Anita falou e sorriu, o sorriso contido e educado da senhora de meia-idade que desmoronara da cadeira cercada de estranhos. Vale a pena consultar um médico, Rosa disse, desenrolando o novelo de suas lembranças, o atendimento e as providências de urgência a sua mãe também perdida em igual inexistência transitória numa tarde de sábado na própria casa. No mesmo instante, Anita segurou a mão dela e contou que o marido falecera havia apenas três meses, era a primeira vez que saía sozinha. Um cinema no meio da tarde, que mal poderia haver nisso. A mão da senhora estava quente como a da neta de manhã, um calor macio que se aquecia ao contato sem ficar grudento. Embora a semelhança, cuidar de criança era diferente de cuidar de idosos, ver uma planta germinar é diferente de colher seus frutos, era o que sempre dizia.

Quando se deu conta da hora do início da sessão, pensou em desistir do filme e ficar com Anita, mas um ligeiro desconforto, como um frio que se desprende quando uma fresta de porta é aberta, a fez levantar-se apressada e desejar boa sorte, precisando de alguma coisa aqui está o meu número, escrito num guardanapo, e depois de entrar na sala de projeção, demorou a se concentrar na tela, em sua cabeça apareciam cenas diferentes e embaralhadas, a mãe desacordada, a neta na cama, Anita no chão, a escuridão e o aconchego da cama beliche no quarto de madeira da casa de campo, o cheiro de cobertor guardado, lembranças embaralhadas que provocavam nela a sensação de intimidade, mas fez um novo esforço para ficar presente e atenta às imagens, Hanna era o nome do filme, semelhante ao nome da senhora que caíra, concentrou-se na tela para não submergir naquele estado em que se deixava ficar quando na sauna ou ao apagar a luz do quarto antes de dormir, lembranças de aconchego e de solidão, escuros e claros tecendo o fio da existência como os pequenos nadas do cotidiano. O telefone vibrou, chamada de número desconhecido, seriam as ligações corriqueiras, propostas de abertura de conta ou mudança de plano da internet, sempre as mesmas intromissões, o lado molesto do celular e a perda da privacidade. O telefone vibrou duas vezes mais até que Rosa o desligasse. As imagens do filme eram sombrias e enquanto tentava entender as cenas seu olhar foi para o vazio escuro da sala, e se fosse a neta?, religou o celular no mesmo instante em que a funcionária de peitos grandes sentou-se ao lado dela pedindo gentilmente que saísse da sala. Rosa não entendeu, sair para quê, mas acompanhou a funcionária que foi se explicando, a filha de Anita queria conversar sobre a queda.

Do lado de fora, uma jovem de aparência arrogante e insegura estava com o homem que invocara Deus no momento da queda. Os dois sorriram ao vê-la, o homem com alívio, a jovem com um sorriso de lábios apertados e sobrancelhas erguidas, a máscara da condescendência de quem sempre acha que tem razão. Contrariada, Rosa quis voltar para a sala de projeção, mas atrás dela a funcionária, com gestos delicados, impediu sua passagem. Foram eles que primeiro acudiram dona Anita, a funcionária disse com formalidade. Os lábios da jovem esticaram-se um pouco mais, numa careta parecida com a que a neta fazia ao imitar um sapo. Anita, ainda sentada na mesma mesa, olhava a cena com atenção e susto, parecendo na iminência de uma condenação. O que está acontecendo?, Rosa perguntou erguendo o queixo, ela também altiva, como se atendesse a um pedido silencioso de Anita, como se mandasse a filha abrir a guarda e deixar entrar o calor da tarde ensolarada. A filha relaxou a tensão dos lábios, só um pouco, e pediu para Rosa contar o que tinha acontecido, e ela e o homem foram narrando o ocorrido sem alarde, as sobrancelhas da jovem se levantando ainda mais. Vou levá-la ao médico, qualquer coisa entro em contato para mais detalhes, a filha disse sem mais perguntas nem agradecimentos, também assustada como a mãe, mas sem se dar por vencida. Rosa olhou de novo para Anita que sorriu de volta e não era o riso sardônico da filha, era um nada de felicidade que brilhava no rosto de Anita, a senhora de meia-idade amparada pela filha, sua intimidade doméstica.

Ao voltar à sala de cinema, Rosa tateou na semiescuridão, sentando na primeira poltrona vazia que encontrou. Quando se acendessem as luzes, telefonaria para a neta só para contar que tinha visto um sorriso com cara de sapo, como o que ela gostava de fazer.

Todos os sabores

1. Ainda é cedo para levantar. Pela luz, que incide oblíqua na janela, observo a expressão serena do meu marido embalado no sono. Há quarenta anos dividimos a mesma cama e há quarenta anos durmo depois e acordo antes. A ele coube o sono desembaraçado das crianças, a mim, assisti-lo dormir. Foi assim que criei o hábito de refletir na cama. A cada manhã, antes de levantar, me acostumei a organizar o dia, reviso cada passo a ser dado, antevejo possibilidades e rascunho soluções. Foi também o horário que usei para elaborar as receitas. Com a calma necessária pude criar combinações exóticas, ousar condimentos e misturar ingredientes que em plena luz do sol e diante do mundo desperto jamais me atreveria. Na imaginação sou livre e é apenas sob a luz discreta do início das manhãs, e em nenhum outro momento, que posso escrever todas as receitas e experimentar todos os sabores. Na cama e em silêncio, dia após dia, preparei novos pratos. E também a personagem de chefe de cozinha que veio atrás. Se ganhei fama e celebridade foi apenas porque o mundo necessita de referências. Não há nenhum mérito em cozinhar, é uma questão de gosto. Um interesse que vem desde menina, quando observava minha avó preparando o almoço do meu avô, refeições que ela arranjava com cuidado numa espécie de bandeja com divisões e me pedia que levasse a ele no trabalho, a poucas quadras de nossa casa. Lá ia eu, solene, carregando o tesouro.

Às vezes meu avô me deixava ficar junto enquanto comia. Fascinada, observava o prazer com que ele saboreava a comida que para mim não passava de combinações amorosas de cores e texturas das quais eu apenas intuía o gosto. Mas já perdi a conta do tempo passado. O que fiz desde então foi viver um dia após o outro colhendo a fruta segundo a estação.

Hoje não irei trabalhar, ficarei em casa à espera da equipe de filmagem que virá para a entrevista, a primeira e a última antes de encerrar a carreira. É chegada a hora de me aposentar. Não deixo descendentes para minha arte, como dizem. Filhos, tivemos cinco, estão todos criados e envolvidos com a própria vida. Nenhum neto ainda (creio que não viverei para conhecê-los). Ninguém interessado em culinária e todos adorando as refeições que preparo, dizem que têm gosto de mãe, mas para mim o gosto é de avó, o que deve ser a mesma coisa para quem não conviveu com a mãe. Um detalhe sem importância para os entrevistadores; o que querem saber é qual o segredo da minha mão na cozinha. Tolice. Se alguém degustar com atenção qualquer prato, poderá reconhecer cada ingrediente, mas o sabor está além dos ingredientes. Aprendi com minha avó que o importante é ter sentimentos em relação à comida, é isso que dá sabor à receita. O resto são convenções, mais modismo do que paladar. Como também é modismo o mito ao redor de mim. Cozinho por uma necessidade afetiva acima de tudo, uma lealdade à minha avó. Não gosto da fama e não aparecer em público foi a minha defesa. Como um cego, que enxerga com a pele e os ouvidos, aprendi a compensar o que me falta e a fazer do abismo uma travessia. Se nunca fiz questão de alardear minhas qualidades culinárias não foi por modéstia ou timidez e sim por medo. Medo de me revelar.

Minha aproximação aos sabores é intuitiva, ajudada pela personalidade observadora que tenho e pelo sono do meu marido que me proporciona o recolhimento necessário à criação. Nada mais que isso, garanto. O gosto que saboreio na intimidade não pode ser compartilhado.

Talvez deva me vestir a caráter para a entrevista e substituir o dólmã de cozinheira por um quimono de seda, como convém a uma japonesa. Quando a luz da manhã se esparramar até a metade da parede do quarto, meu marido então despertará e eu poderei sair da cama. Como sempre ele vai perguntar se dormi, eu direi que sim e ele duvidará, os olhos abertos como pequeníssimas jabuticabas. Não é porque não me vê dormindo que eu não durmo. Eu também achava que minha avó não comia, já que nunca a via comer. Ela tinha por hábito fazer as refeições sozinha. Para ela, a culinária japonesa seria uma arte a ser mais contemplada do que consumida. O prazer vinha da preparação da comida, era esse o melhor alimento que podia degustar. Em homenagem a minha avó usarei um quimono na entrevista. Afinal, foi de quem herdei o dom na cozinha e a completa ausência de paladar: nosso segredo e nossa tristeza.

2. Ai, esse menino que não para de chamar e fazer perguntas, já vou, Valentim, dá um tempo, vem cá você, estou mega ocupada, deixa eu ver, cozinhar é não ter pressa, coisa rara em pleno século XXI, já coloquei todos os temperos, o sal ainda não, o sal vem por último, é só quando cada ingrediente já se acomodou e encontrou lugar junto aos outros que a comida pega sabor e só então, nunca antes, vêm as pitadinhas de sal, como diria minha querida avó, parece que o rosa do Himalaia

é mais leve e posso usar um pouco mais sem afetar o sabor, só sei se deu certo depois das pessoas comerem, pena o Valentim ser tão enjoado, não quer comer nada do que faço, olha o prato e faz careta de ai que troço é esse, mãe, cadê a salsicha, parece piada, o menino só quer comer salsicha, isso sim é que é castigo, ter um filho sem paladar apurado, um desperdício mas como o povo diz, com o bom vem também o ruim, um filho lindo de paladar estragado, é como eu falo, felicitreza, tudo junto e misturado, a preparação do alimento é assim também, toda refeição tem de ter altos e baixos, diferentes cores e formas, já pensou tudo igual, tudo redondo ou assado ou pastoso, que monotonia, nem tão ao céu nem tão à terra, igual li numa revista, acho que foi um escritor que disse "deus dá o alimento e o diabo os cozinheiros", deve ser isso mesmo, e agora a receita, minha avó tinha audácia pra misturar ingredientes, vai ver é a mistura de oriente com ocidente, japonesa no Brasil nos primórdios do século passado, sabe lá o que mais ela misturava na cabeça, tanta coisa dela que se perdeu e tantas que eu recuperei mas vamos lá, o que mais está faltando, deixa eu ver, o evento de amanhã é pra quantas pessoas, já vai, Valentim, termina tuas coisas, a mamis está bem atrapalhada na cozinha, hum, isso aqui deve ser uma delícia, só mais uns minutinhos no forno pra dourar a casquinha e selar o sabor, ai, que vontade de provar, deixa pra lá, tudo ajeitado, a compota exige atenção, tem o tempo preciso pra apurar sem desandar, tudo na cozinha tem seu tempo e cada tempero a sua medida, e como eu sei da medida só deus sabe, é dom que dorme no sangue e apura no fogo, parece, o arroz negro com cogumelo faço na hora, não tem muito segredo, quer dizer, tudo tem segredo ou o segredo é um só, um olho no alimento o outro no cozimento, que nada, isso é o que eu falo pra disfarçar, quem cozinha, cozinha até de olho fechado, cozinhar vem da minha avó que herdou da avó dela, são as lealdades invisíveis e vai ver é assim mesmo, dom de coração pula sempre uma geração, viu, Valentim, é filho teu que vai ser bom na cozinha, não vira onça, vem cá, dá um beijo na mamis, tão bonito com o quimono do Karatê, nosso sangue japonês, filho, não é porque nosso olho não é mais tão puxado que a gente esqueceu de onde veio, hoje vou preparar sushi pra nós, que tal?, é brincadeira, é só te ver de quimono e minha veia oriental aflora, tchau, tchau, bom treino, moleque, amanhã à noite tem evento, pode ir de quimono se quiser, acho que vou variar, em vez do dólmã eu também podia colocar o quimono de seda da avó que está aqui no baú junto com um tanto de receitas dela, nunca usei mas por que não, ah!, olha ele aqui, um cheirinho de guardado mas até amanhã dá uma arejada, bonito demais, vou ficar bem na fita, ainda mais que vai ter filmagem, vem a TV, adoro dar entrevista, vão perguntar qual o segredo da minha cozinha, olha, não tem muito segredo, não, é só ter prazer no que se faz e não ter medo de ousar, se tenho vontade de colocar um tempero eu coloco, se quero misturar alimentos eu misturo, a receita é só a plataforma de embarque, entendeu?, depois a viagem é de cada um, isso é o que eu digo pra quem pergunta mas tem um segredo que não conto a ninguém no mundo, pessoa nenhuma jamais, não conto nem pra mim, acho que pra avó eu contaria se a tivesse conhecido, me dobro e desdobro na cozinha, invento o que for sem conhecer o sabor, adoro os portugueses quando dizem "este bacalhau me soube bem" ou "estas olivas sabem a saudade", bonito demais, humm, o molho pesto ficou com uma aparência ótima, deve estar danado de bom, posso não conhecer o sabor mas todos os sabores me sabem, e tudo tem o bom e o ruim, o prazer e a falta, sabe deus que sabor o mundo tem e sabe o diabo que truque foi esse de me tirar o paladar, dane-se, já nem faço caso, a falta de paladar é como um bichinho de estimação que faz parte da mobília, só vou estranhar no dia em que sentir gosto em alguma comida mas nem me importo, abismo é travessia, meu paladar sabe a receitas da minha avó, ela sim devia ter paladar apuradíssimo pra fazer tanta invenção na cozinha, ela é o meu sabor e minha referência estética, e vamos lá, o quimono serviu em mim, ops, o que é isso no bolso, nossa, um escrito da vó, ainda bem que não está em ideograma, parece papel de arroz, nem pensar se isso rasga, olha a letrinha miúda dela, será uma receita esquecida?, uma carta nunca enviada?, um segredo revelado?... Ainda é cedo para me levantar. Pela luz que incide oblíqua através da janela...

II
CIDADELA

Vestido amarelo

Se eu não tivesse aberto aquela porta, nada teria acontecido. Uma porta que se abre e todas as outras possibilidades estão perdidas para sempre. Assim que entrei, Paco estava lá, sorridente, esperando por mim. Caso não o encontrasse, eu hoje estaria atravessando qualquer outra porta com serenidade, o olhar brando com as coisas da vida que não podemos explicar e a aceitação unívoca que torna a existência viável.

Naquele dia não pensei em nada disso, não pensei se a vida era simples ou complicada, não me perguntei se deveria ir ou ficar. Simplesmente abri a porta, entrei no quarto do hotel e me encontrei com ele. Depois de anos. Como um bumerangue arremessado, Paco sempre reaparecia. E igual a todas as outras vezes, não foi necessário nada mais do que um beijo e um abraço de corpo inteiro para estarmos de novo em sintonia e começarmos a conversar como se estivéssemos separados há apenas um dia. Nem sei de onde saiu tamanha intimidade. Desde o primeiro instante em que o vi, era como se o conhecesse há muito, uma sensação de familiaridade que só se acentuou com o passar dos anos. Nunca tivemos nenhum relacionamento amoroso, nós bem que tentamos, mas nada aconteceu e tudo o que fizemos na ocasião foi rir exaustivamente até cairmos de cansaço um nos braços do outro antes de fecharmos os olhos. Depois disso nos habituamos a dormir assim, um nos braços do outro. Apenas isso. Ele falava de seus envolvimentos amorosos, eu dos meus, e nenhum dava palpite na vida do outro, a aceitação era nossa moeda de troca. Assim nos relacionávamos. Tão próximos e tão separados como irmãos gêmeos.

Com essa simplicidade íntima, viajamos à praia no fim de semana após nosso reencontro. Paramos no restaurante da estrada para o almoço e lá ficamos a tarde inteira sem nos darmos conta do tempo que passava, esse tempo subjetivo e silencioso, o relógio invisível que avança pé ante pé e num repente, como uma ventania súbita, nos arrasta sabe-se lá para onde. As pequenas mortes que vão mordendo nossa vida aos bocados. Mas nesse momento eu nem me lembrava mais da porta, do dia em que Paco chegara e tampouco me preocupava com o dia depois de sua partida. Porque Paco sempre ia e voltava, assim como o sol se põe e se levanta na manhã seguinte.

Ao terminar o almoço, olhando a paisagem marítima, lembramos da vez em que nos aventuramos a bordo de um barquinho a motor e seguimos até o oceano, a imensidão das águas e nós, uma ervilha boiando. A água estava fria mas Paco quis mergulhar, o barulho do mar era diferente de tudo o que já tínhamos ouvido, um repique metálico nos ouvidos, e quando tentamos voltar a bordo não conseguíamos, era eu a nadadora e coube a mim fazer o esforço descomunal para subir no barco e içar Paco, encharcado de temor. Depois disso ele nunca mais quis entrar no mar. Quando eu nadava, ele me acompanhava desde a orla. E isso era natural como tudo o que dizia respeito à nossa relação, a intimidade nos protegendo de qualquer dissabor. Rimos dessa nossa desventura passada e antes de sairmos do restaurante ele me presenteou com um vestido amarelo dizendo que sempre que eu o vestisse ele me veria não importando onde estivesse, minha presença chegaria até ele através das ondas cromáticas.

Ao chegarmos à praia, coloquei o vestido e fomos caminhar. Era hora do pôr do sol e tudo estava tingido daquela tonalidade alaranjada esmaecida e difusa. Um instante preciso ficou gravado em minha memória feito um amuleto dependurado no pescoço: eu andando de frente, Paco de costas, e o dourado da areia onde nossos pés deixavam marcas. Uma imagem efêmera. Como o momento de atravessar uma porta e mudar para sempre uma existência.

Se eu não tivesse ido encontrar com Paco quando de seu regresso, não teríamos ido à praia, não teríamos caminhado na beira-mar e nem avistado os pescadores que nos convidaram para o passeio do dia seguinte. Paco tinha se tornado avesso ao mar, mas eles nem deram ouvidos, iriam num barco e nós em outro, um passeio curto e seguro, chegaríamos perto das pedras e poderíamos ver corais, cardumes e também, se tivéssemos sorte, golfinhos. Nesse instante ainda existia a possibilidade de recusa diante da insistência dos pescadores, eles que nos desculpem, Paco diria, eu não irei, já disse que não volto ao mar, prefiro dormir abraçado e de manhã sair para andar na orla e ver você nadando ou ficar olhando nossas pegadas na areia, mas essa porta não se abriu e Paco, sorridente e distraído, concordou com o passeio.

Acordamos cedo, o dia estava cinzento e o mar encapelado, os pescadores garantiram que era condição passageira, as águas logo se alisariam, poderíamos ir sem susto. Já não havia mais porta alguma para atravessar, nenhuma hesitação, era tudo aurora e mar aberto, destino que se cumpre, nós num barco e os caiçaras em outro, bem próximos, a água e a cachaça, as frutas, o boné que um deles me passou, a alegria aquosa de Paco diante da imensa onda que nos elevou acima do horizonte e descerrou uma porta sem volta, e ao baixarmos já não tínhamos noção de onde estava o outro barco, a paisagem às avessas, o céu escuro, o mar se encrespando mais e mais, eu olhei para os lados, nenhum sinal da praia, tudo tingido de um azul negro e circundante, segurei firme na borda do barco e no momento seguinte eu já estava dentro do mar, o temporal, a vista turva, Paco, Paco, eu gritava, e o avistei ainda próximo ao barco, tentei ir na direção dele, e fui nadando e chamando-o sem outro desejo que não fosse estar com ele, Paco no barco, Paco sorrindo, Paco me olhando, Paco caminhando na areia, eu de frente, ele de costas, o seu sorriso ao me dar o vestido amarelo, seus braços ao redor do meu corpo enquanto dormíamos, e eu nadando e ouvindo sua voz dizendo que eu nadava como um peixe, e ele rindo para mim, e quanto mais ouvia a risada dele, mais rápido eu nadava, as braçadas vigorosas, Paco me olhando da praia, Paco me acalmando, não tenha medo, eu vejo você onde estiver, e as ondas tapando minha visão, eu fico olhando desde a orla, não se preocupe, eu não entrarei no mar de novo, e eu nadando e nadando, até sentir a areia da praia roçando meus dedos e então eu soube que não haveria mais nenhuma outra possibilidade entre o que foi e o que poderia ter sido, nenhuma porta para abrir e me deparar com Paco, não importa quantos dias mais o sol nasça e morra, quantas vezes eu durma e acorde, apenas esse sonho renitente, a perplexidade diante das coisas da vida que não podemos explicar e um vestido já desbotado amarelando a lembrança de Paco.

O dois, o um, o meio

Desde sempre eram dois Franciscos. Um Francisco José, o outro apenas Francisco. Um loiro, o outro moreno, um baixo, o outro nem tanto, um deles pouca coisa mais magro. Além dos nomes e da profissão, nada mais tinham em comum. Nenhuma semelhança física que os aproximasse, nenhum gosto nem preferência, nada afim. Em tudo eram distintos. Mas para além do que se enxerga, havia um não sei quê de afinidade que superava as inúmeras dessemelhanças e fazia com que no pensamento de qualquer pessoa os dois fossem vistos sempre como um. Ao se falar de um referia-se também ao outro, se um era convidado o outro estava incluído e nunca, em nenhuma circunstância, poderia se considerar um em separado do outro. Como se assim fossem desde sempre, uma existência amalgamada, uma linha contínua, uma corda inteiriça. Se um o martelo, o outro era o cabo.

Quando se conheceram ainda jovens, dois advogados em início de carreira, tornaram-se amigos de imediato. O que os uniu no começo foram meras questões profissionais e com a convivência se intensificando não tiveram receio de juntar os escritórios e formar uma sociedade. Depois disso, amigos, famílias, programas, tudo se juntou.

Acharam graça das primeiras vezes em que foram confundidos. Coisa dos nomes, pensaram, uma coincidência interessante para tamanhas diferenças que faziam questão de preservar. Talvez já intuíssem o que estava por vir. Mas era na disparidade que se reconheciam e se guiavam. Um acordava e dormia cedo, o outro se acendia de madrugada. Um era vegetariano e o outro se alimentava de drinques e petiscos. O que era fumante considerava os exercícios diários do outro um capricho adolescente além de gasto desnecessário de energia. O que era míope focava nos detalhes do que enxergava debaixo do nariz e se irritava quando o outro se perdia nas inúmeras possibilidades que antevia no horizonte. A concentração de um compensava a dispersão do outro. O que um tinha de menos, no outro sobrava. Eram opostos e complementares. A equação perfeita para a sociedade que partilhavam.

Com o decorrer do tempo e da intimidade, e sem que se dessem conta, como uma música de fundo que vai aumentando de volume até tornar-se ensurdecedora, passaram eles também a ter dificuldade em diferenciar-se um do outro. As dessemelhanças os tornaram parecidos. Francisco José largou o cigarro da noite para o dia e começou a acompanhar Francisco nos exercícios matinais. Este considerou a alimentação vegetariana pouco substanciosa e passou a comer carne duas ou três vezes por semana, o que o levou a beber mais do que de costume e alguns meses depois começou a fumar. Francisco José foi operado da miopia e Francisco descobriu na vista cansada uma acuidade comprometida. Nas contas dos dias e anos a sociedade prosperou e tornaram-se referência em processos de divórcio litigioso. Os dois encorparam, deixaram crescer a barba e a cabeça de ambos ficou grisalha, um mais calvo que o outro. Seguiam diferentes na aparência. Apenas na aparência. Porque o que antes era de um passou a ser do outro, a balança que os tornava complementares continuava em equilíbrio, não importando qual dos dois faria o contrapeso.

Sem surpresa, caíram de amores pela mesma mulher, embora os gostos distintos e as preferências momentâneas. O que os conduzia ao mesmo porto era outra coisa, acima e além do óbvio. A mulher que cortejavam cedeu aos encantos dos dois, em vez de separá-los entrou na matemática equilibrada dos amigos e foi dividida por ambos como se fosse mais uma das tantas peculiaridades que partilhavam. Nenhum ressentimento. Era como se nada no mundo pudesse romper a corda que os atava.

Até que o inesperado aconteceu. Um dia, sem nenhum aviso além da noite mal dormida, um se cansou pelos dois. Não do outro, porque seria o mesmo que cansar-se de si. Cansou do descompasso de uma vida desencontrada, sempre esperando e sempre devendo, como se estivesse atrasado e não conseguisse nunca chegar a tempo porque alguma coisa estaria faltando todas as vezes. Terminaram a sociedade e a convivência. Francisco e Francisco José se separaram. Nunca mais foram vistos juntos, coisa que os amigos nem perceberam, pois se viam um ou outro era o mesmo que ver os dois. E também foi assim com cada um Francisco que foi cuidar da própria vida. De qual vida já não sabiam. Porque era da metade de cada que se fazia um inteiro, era de dois Franciscos que se formava um Francisco.

Separados, restou para ambos uma longa vida ao meio. Tão inútil quanto uma unha sem dedo ou um martelo sem cabo.

Os contornos da rotina

O dia começava igual a tantos outros e essa era a certeza de que necessitava para cumprir as tarefas cotidianas, embora a costumeira sensação de urgência frente à sequência de afazeres. Abrigada pela rotina, podia deixar o pequeno embaraço num canto, junto a papéis e recortes de jornal que tinham despertado interesse. O momento para tudo isso apareceria um dia e a espera tornava-se um alento, a felicidade serena que a entorpecia e permitia que se dedicasse à vida cotidiana com obsedante inteireza. Não era um modo mecânico de ser, apenas a maneira de ocupar seu lugar. Cuidava da casa sem queixas enquanto aguardava o retorno da mãe.

Depois de preparar o banheiro para a higiene, arrumou o quarto, trocou a roupa de cama – os lençóis limpos que combinavam com o frescor da manhã, e pensou em almoçar no terraço. Apesar de não ser coisa corriqueira tampouco era novidade, já tinha feito isso algumas vezes, as pequenas alterações dentro de limites precisos que, se não chegavam a descerrar o horizonte, funcionavam como um suspiro profundo e revigorante. O passeio antes do almoço foi feito com igual espírito de renovação, mesmo que discreto. O percurso era o de sempre, não tinha tempo para um trajeto mais longo e qualquer inovação deveria ser suavemente introduzida. A intenção não era girar a rotina de maneira radical, não, o verdadeiro prazer consistia em entreabrir o cotidiano aos poucos, sem sobressaltos nem alarde. Ainda que fosse uma mudança tão insignificante que só ela enxergasse. Na arrumação final do quarto, rearranjou as palavras-cruzadas por fazer em ordem crescente de datas; quem sabe a mãe, ao voltar do hospital, se interessasse por elas como antes.

O irmão apareceu para almoçar, um hábito desde aquele dia em que vieram também o tio e sua família e alguns amigos muito próximos, mas ela pouco se lembra do encontro, preferira ficar no quarto e a sensação ao acordar era a de ter dormido por dias seguidos e perdido para sempre algo substancial. Mais uma coisa deixada junto aos papéis.

O irmão chegava tarde para comer e isso poderia prejudicar o cotidiano da mãe quando de sua volta a casa, coisa que parecia não importar a ele, sempre quieto e distante. Era um estar sem presença, uma companhia que em nada aliviava a sensação de isolamento dela. As únicas saídas a que se permitia para além da segurança do portão eram as pequenas caminhadas diárias no meio da manhã e nunca ousava um afastamento maior da casa, e se o telefone ou a campainha tocassem? Sentavam-se frente a frente e comiam calados como de costume, mas nos últimos dias o irmão tinha um olhar desconfiado, a barba por fazer dando aparência de desleixo e uma sisudez que ia definindo a distância da relação. Um acompanhava o outro no silêncio.

Na semana seguinte o irmão comunicou a decisão de se mudar para lá. A notícia repentina quase a fez engasgar-se ao mesmo tempo em que erguia uma ponte entre eles, estreita, frágil, mas ainda possível de atravessar. Ela perguntou se a mãe estaria de acordo e o irmão olhou-a de maneira tão aguda que ela chegou a sentir a superfície do corpo sendo tocada por pontas afiadas. Rapidamente concordou e os dois recuaram na travessia e olharam cada um para o seu prato até o fim da refeição. Na mesma tarde ela pegou uma das palavras cruzadas da pilha e tomou o cuidado de preenchê-la a lápis para depois apagar, não tinha costume de mexer nas coisas da mãe. Em seguida, dedicou-se à vinda do irmão absorvendo-se em cada detalhe para a manutenção de sua felicidade íntima. Arrumou o quarto com a antecedência de uns dias e deixou a porta entreaberta, a pequena novidade que prenunciava a mudança e talvez varresse desavenças passadas. Antes mesmo da chegada dele, o quarto já parecia ocupado, uma presença latente prestes a materializar-se e que foi ampliando os espaços da casa e dela própria. Primeiro vieram os livros e as roupas, depois as caixas com documentos e por fim os porta-retratos, um com a foto dele no escritório e o outro com a foto grande dos quatro, o pai e a mãe nas pontas, o irmão e ela entre os dois. Desconhecia nele esse hábito memorialista.

A mudança no cotidiano da casa foi quase imperceptível, o silêncio usual apenas alterado por novos ruídos à noite e de manhãzinha, o irmão se ajeitando para dormir, o irmão se arrumando para sair. Ela pouco sentiu o impacto da mudança, afora uma discreta sensação de completude a que não deu atenção. Como um cego que não permite a troca de disposição dos móveis da casa, ela também não saberia mover-se na ausência de seus vazios. Cuidou para que em nada mais se alterassem os hábitos dentro dos limites da casa. A única novidade foi o recebimento de uma notificação do INSS endereçada à mãe. A carta ficou no console de entrada até a hora do jantar. Entregou-a ao irmão, curiosa. Ele olhou o envelope e o remetente algumas vezes e depois devolveu-a, abra você mesma, ele disse de maneira enfática, a autoridade de irmão mais velho que a constrangeu. Achou por bem abrir a correspondência. É um aviso do mês de aniversário da mamãe, temos de fazer a "prova de vida". Ele riu, irônico e desafiador – não era homem de alegrias, o sorriso ficou pregado no olhar e ela, que não sabia lidar com repentes emocionais, levantou-se antes de ouvir o que fosse, tirou os pratos sujos da mesa e a carta foi para o lixo junto com os restos de comida. Tinha ainda muitas coisas para colocar em ordem antes que a mãe voltasse.

Várias outras cartas começaram a chegar, ela deixava todas no quarto do irmão. Mas numa manhã em que se preparava para almoçar no terraço, encontrou esquecida no console uma das cartas. Olhou o remetente, vinha do cemitério, era ela quem cuidava da manutenção do jazigo da família, quem sabe fosse a anuidade das flores. Abriu a carta e uma pequena vertigem a fez sentar-se, o boleto de cobrança referia-se à placa fúnebre, achou ter lido o nome da mãe no modelo anexado, mas a vista ficou turva, as letras se embaralharam e ela nem precisou conferir as datas para desconfiar de que se tratava de uma impostora, em outra ocasião tinha sido a floricultura que colocara os vasos em túmulo errado, não aceitaria mais desacertos, junto aos seus só poderiam ser enterrados os próprios familiares, nunca uma estranha que tomava o nome de sua mãe para usufruir de sepultura alheia, o contratempo apertou seu maxilar, desistiu do almoço ao ar livre e colocou a carta no quarto do irmão, já eram tantas as obrigações com a casa, ele que se ocupasse do problema, juntou o lixo acumulado nos cestos, colocou-o na calçada e conferiu as horas que passavam ligeiro, ainda tinha de preparar o banheiro para a higiene, trocar a roupa de cama e arejar o quarto da mãe, quem sabe ela fizesse uma surpresa e voltasse hoje mesmo para casa, talvez ainda fosse de dia e as duas poderiam sentar no terraço para comentar sobre os desvios e ausências de uma vida alheia à rotina.

Última sessão

Maldita ansiedade. Achei que hoje poderia estar diferente, mas ainda sou o mesmo de sempre. Ansioso e cagão. Já chequei e conferi n vezes a lista de coisas por fazer, tudo sob controle. Exceto por essa sensação de ter engolido um pote cheio de pimenta. Dane-se. Fico assim mesmo, falta pouco, são seis horas da tarde, até a meia-noite deixo tudo ajeitado. Quem sabe arrumando a casa eu consiga me acalmar. A sala está em ordem, cozinha e banheiro também, no quarto ainda falta encaminhar os livros e rasgar alguns papéis. Pensando melhor, rasgar papéis por quê? Para não ter meus segredos revelados? Ora, isso já é detalhe sem importância. Deixo para os outros o prazer de usar a imaginação e juntar os fios da memória como bem entenderem. Quem sabe daí não sai um curto circuito ou um belo roteiro de filme de ação. Às oito vou ligar para minha mãe apenas para livrar a consciência (coisa de filho único ou será que a maldita culpa não vai me largar nunca?), depois vou ligar para Soninha e para o Hans, meus dois amores, eles até podem me emocionar, mas bem que merecem um oi. Hans, se ainda morássemos na mesma cidade eu seria capaz de adiar meus planos só para nos encontrarmos e atravessarmos a noite transformando o mundo com nossas ideias, sua voz rouca e pausada ponderando prós e contras diante do meu radicalismo, não tome o todo pela parte, você diria, arqueando a sobrancelha como se imprimisse um ponto de interrogação na testa. Foi o desenho de suas sobrancelhas o que mais me chamou a atenção da primeira vez em que nos vimos. Era aula de Introdução ao Pensamento Cartesiano e você contra-argumentava citando Platão com o seu sotaque de gringo, a fala arrastada articulando cada sílaba como se tivesse uma bala de goma rolando dentro da boca; ao sairmos da sala você me surpreendeu perguntando onde eu tinha comprado meus sapatos, uma estranha forma de aproximação em ambiente acadêmico. Ser estrangeiro é minha licença poética, você disse, e enxerguei na ironia singela a nossa cumplicidade. Um mês depois dividíamos um quarto naquele alojamento tosco de estudantes. Não sei se foi assim mesmo, mas é assim que deixei registrado no meu arquivo de vivências que chamo de mente e você de alma. Nossas diferenças nos uniram. O oposto do que foi com o meu orientador. Ainda falta escrever para o canalha uma nota breve e mordaz. Imagino-o lendo, o queixo erguido, as têmporas palpitando com as veias bem à mostra, e depois de um mísero gole d'água – mais para manter a pose do que para aliviar a sede – ele abrirá e fechará as mãos um par de vezes até que os dedos gordos e suados decidam dar um fim à mensagem. Como se fosse possível esquecer o que leu. Só de pensar que vim morar nesta cidade por causa dele já me queima mais ainda o estômago. Sem falar nas pessoas que incomodei para convencer da importância da minha tese. Talvez o que eu quisesse mesmo era provar para todos (mas quem se importa) que mudar de profissão tinha sido a escolha certa. Foi mesmo? Quase vou me esquecendo de esvaziar os cinzeiros, esse fedor de cigarro apagado começa a me dar náusea antes da hora. Aqui na escrivaninha tem muito papel, mas não quero perder tempo com recordações remexendo as gavetas em busca de novas desculpas ou de um compromisso inesperado. Ah, não, esta carta da Soninha logo agora. Lembro bem do último dia em que saímos. Era um domingo de eleições e em meio às caipirinhas que tomávamos em xícaras de chá, burlando a lei seca, você falava da embriaguez que um sonho comporta e do quanto é inebriante persegui-lo e, o pior, do desafio de aguentar a intermitência da passagem de um sonho a outro pairando inexpressiva mas contundente. (Será esse o estado em que me encontro agora?) Igual a uma quarta-feira, você dizia, um dia sem graça e sem nexo cuja única função é a de ser a precisa metade da semana, o recheio ímpar que divide em pares o que resta. Tudo dito com a voz reticente e o olhar alongado como nos filmes de Bergman que você tanto aprecia. E depois, alheios ao clima eleitoral, fomos para aquela casa de caridade doar minhas roupas brancas e pendurar o passado de médico nos cabides de um lar de velhinhos. E novamente bebemos para brindar a bolsa de estudos e a despedida de uma cidade de milhões de habitantes abafada demais para o meu guarda-roupa. Tinha sido a nossa despedida até ter telefonado a você no auge da depressão e deixado a mensagem gravada, uma maneira torpe de desabafar, admito. Sou um homem covarde. Não pensei na sua reação nem lembrei do fuso horário que deixa você quatro horas distante do meu presente. Depois de gravar aquela mensagem saí para aliviar o desconsolo na madrugada desta cidade provinciana e num momento em que a saudade tornou sua presença quase física, levantei a gola do sobretudo e imaginei um enquadramento que mostrasse alguns barcos ancorados na margem do rio e ao fundo a ponte com a iluminação mortiça filtrada pela névoa da madrugada, uma cena típica dos filmes lentos que você e o Hans adoram, tão diferentes dos meus faroestes. Queria contar que aqui nesta cidade tacanha está passando uma mostra de filmes de Bergman. Pena não ter visto nenhum, mas agora já não há tempo, é seguir com as coisas práticas e terminar logo o que comecei. Se deixo, a nostalgia vai chegando de fininho, me perco nas intermitências do que foi ou poderia ter sido e aí adeus planos, serão mais dias de catatonia e olhar perdido no vazio. Nesta armadilha não caio mais. Cansei da minha dispersão. Cansei da minha insegurança. Não tem sentido ficar ligando para quem quer que seja, a hora tem outra levada, muito distante de bate-papos e coisa e tal. Eu deveria telefonar apenas para o meu orientador, só para ferrar com ele. Um último e doce gostinho de vingança. Será que ele me achava mesmo um aluno prodígio ou foi mais um de seus jogos de poder e sedução em que me enredei sem perceber que o excesso de elogios era apenas uma maneira de ganhar confiança para depois publicar um artigo com todo o arcabouço da minha tese sem me citar, o cretino, e receber loas às minhas custas. Hans me preveniu, Soninha me preveniu, mas eu, cego e iludido, e de novo covarde, achei que a trama seria por demais macabra, um bom enredo de filme, jamais vida real. A arte imita a vida ou a vida imita a arte, o que for, mas o fim deixa a desejar, muito longe do *happy end* que lava a alma. Talvez seja a ausência de um final feliz que me leve a fazer o papel de mocinho injustiçado, isso sempre deu sucesso de bilheteria. Chega de reflexão. Hora de acertar o foco.

Luzes... (Lá se vai a última bituca de cigarro com a última mijada.)

Câmera... (Só espero que não haja pane no fornecimento de gás desta cidade de merda.)

Ação... (Se bem que hoje tem a última sessão da mostra do Bergman e um filme com final aberto não seria nada mal para o momento.)

Cidadela

Por alguns segundos ficou parada, a fita métrica na mão. Uma quase pose. Quem a visse poderia imaginá-la pensativa, mas em verdade não tinha sequer consciência do instante. Estava lá e não estava, uma presença física sem recheio, apenas um contorno ocupando o espaço. Durou pouco e em seguida ela se surpreendeu no meio da sala de trabalho sem entender o que estava fazendo. Antes de buscar água ainda se perguntou por que precisaria da fita métrica. Atribuiu a inadequação do episódio a um reles lapso de memória. Já era hora do próximo cliente e ao pegar o interfone para falar com a secretária lembrou-se do porquê da fita métrica: tirar as medidas da porta. Há muito se incomodava com a pouca vedação da porta de correr. Receava que o teor da conversa dos atendimentos estivesse vazando para a sala de espera. Uma porta dupla garantiria a privacidade dos clientes e o sigilo inerente à profissão de psicanalista. Todo e qualquer assunto abordado nas sessões era extremamente valioso e no caso de transbordar para além das paredes material de suma importância poderia se perder. Como um caldo que ao ferver entorna panela afora, deixando sair os nutrientes e o sabor do alimento. Além de lambuzar o fogão, pensou, olhando o copo d'água à contraluz para detectar alguma sujeirinha escondida. A secretária confirmou a vinda do marceneiro para o dia seguinte e avisou que o próximo cliente estava entrando como sempre no horário exato, nenhum minuto a mais ou a menos. O tom de voz da secretária sugeria crítica, talvez repulsa, o que a fez pensar que o comportamento obsessivo do cliente poderia estar extrapolando os limites da sala. A porta adicional daria um jeito nisso.

Na manhã seguinte, enquanto o marceneiro se ocupava da medição da porta, observou a agilidade com que ele esticava e recolhia a trena em diferentes posições e fascinou-se com a luzinha avermelhada se acendendo cada vez que a trena era destravada. Encantou-se de tal maneira com o objeto que pediu que seu custo fosse incluído no orçamento. O marceneiro sorriu e com ligeira soberba entregou a ela a trena luminosa, um presente, dona, tenho outra na mochila. Ela pegou o presente cheia de contentamento, uma criança com brinquedo novo, e fez ir e vir várias vezes a língua da trena, esquecida por completo da presença do marceneiro. Até ele perguntar sobre o prazo da obra. Aprumando o corpo ao retomar a seriedade habitual, voltou ao assunto da porta e insistiu bastante na vedação, teria de ser terminantemente à prova de som, qualquer que fosse, mesmo o mais ínfimo, como um discreto pigarrear ou o ruído do estofado enquanto o cliente se acomoda no divã. Nada deveria escapar. Nenhum ruído, nenhum gesto, nenhuma intenção. O marceneiro garantiu a eficiência do serviço, considerava-se profissional de primeira, já tinha trabalhado em estúdio de som e sabia o que estava fazendo. Depois de concluída a porta, nem que alguém se esfalfasse de gritar seria ouvido do lado de fora. A sala se transformaria numa caixa-forte.

Uma semana depois, o serviço estava entregue. Para entrar na sala de atendimentos ela abriu a porta de correr e depois a outra, a nova, de madeira maciça, o portal que guardaria os segredos da psique. Sentiu-se enfim segura e confortável para trabalhar. Esqueceu-se das preocupações com o movimento na sala de espera, dos dissabores com a indiscrição da secretária e entregou-se, toda ouvidos, aos relatos dos clientes.

O trabalho cotidiano passou a ser o oásis com que sempre sonhara. Um conjunto harmonioso: ela, o cliente e os ecos do inconsciente na íntima cidadela em que se transformara a sala de atendimentos. Tudo na mais perfeita ressonância. Salvo pequenas perdas, por assim dizer. Um dos clientes incomodou-se de pronto com a nova porta e não conseguiu acostumar-se à interferência na sala que, de alguma forma, o afetava. Sem tolerância para aguardar a lenta e gradual absorção do novo objeto à sala e ao seu psiquismo, abandonou o tratamento como um marinheiro que se atira da amurada do navio em pleno oceano. Saiu no meio do atendimento e nunca mais retornou, nem mesmo para pagar a última sessão. Houve também outro cliente que não conseguiu lidar com a mudança. Claustrofóbico convicto, aludiu que a nova porta diminuíra sensivelmente as medidas da sala e isso o asfixiava como uma meia enfiada na cabeça. Ela ainda tentou interpretar o conteúdo da afirmação, remeteu-se à infância do cliente, ao momento traumático do parto, retrocedeu até o período fetal, mas não houve acordo. A porta ou eu, foi o último apelo do cliente.

Depois do episódio, adotou o estranho hábito de medir a sala. O intervalo entre as consultas, os religiosos dez minutinhos, eram a partir de então gastos com o uso da trena. No início considerou o exercício de medição apenas uma brincadeira, apreciava olhar a luzinha vermelha, a cintilação que se acendia e logo se desintegrava pela sala como o clarão repentino de uma joia frente a um raio de sol. Era igual ao brilho no olhar dos clientes num momento de catarse. Um simples puxar da trena e aquele feixe vermelho se alastrando. Um jogo que a relaxava entre um atendimento e outro. Nada mais. Não se deu conta de quando passou a anotar, após cada medição, as dimensões das paredes da sala, inicialmente em folhas avulsas e depois entre os apontamentos das fichas dos clientes.

Ainda que as medidas permanecessem as mesmas, aos seus olhos a sala parecia aumentar e diminuir de acordo com o grau de tensão da consulta. Em determinado atendimento sentiu-se ligeiramente espremida pela proximidade da parede lateral enquanto a cliente descrevia minuciosamente a maneira como costumava arrumar o guarda-roupa. Em outro, um momento de expansão da consciência, supôs que também as paredes da sala se afastavam e chegou a imaginar um delicado craquelê desenhando-se na pintura. Em ambas as vezes, ao final da sessão, a trena confirmava as dimensões normais da sala. Estaria alucinando? Chamou a secretária, pediu que se acomodasse no confortável divã, fechou as portas e começou a tratar de assuntos corriqueiros, como pagamento, emissão de recibos, depois soltou a corda para que a secretária falasse de si mesma enquanto ela, com o canto dos olhos, vigiava as dimensões da sala. A secretária falava sem parar, comentando sobre as novelas, o clima, a carestia, nada que comovesse a terapeuta. As paredes não se moveram. Antes de sair, a secretária, achando muito quente lá dentro, quis abrir a janela mas ela não permitiu, os ruídos externos iriam sobrepor-se ao discurso dos clientes. Nada de interferências. Encarava o abafamento opressivo da sala um dos tantos ossos do ofício, quanto menor o conforto pessoal, maior o contato com o inconsciente.

Nos atendimentos subsequentes, as paredes da sala continuaram dando-lhe a impressão de movimento. Procurou não fazer caso, mas a cada sessão ficava mais presente o deslocamento das paredes acompanhando o relato dos clientes. Cada consulta era como o andamento de uma peça musical dodecafônica.

Até o dia em que, durante a crise nervosa de um cliente, a pintura da parede próxima ao divã lascou formando uma pequena rachadura. Acreditou que com isso os movimentos da sala cessariam, já que a pequena fenda serviria para arejar a tensão. Aconteceu o oposto. A rachadura alastrou-se, projetando-se pelos quatro cantos da sala, um caudaloso rio e seus afluentes que a cada atendimento desenhavam uma geografia diferente nas paredes. Os clientes, de tão imersos no próprio mundo interno, nem notavam aquele manancial de conteúdos que inundava a sala e redecorava as paredes. Apenas os mais observadores fizeram algum comentário sobre a nova textura da pintura, achando-a bastante peculiar. Para ela, a tal textura era na verdade um grande painel que a absorvia e enquanto mexia displicentemente na trena ouvindo o relato dos clientes, deixava-se levar pelo ir e vir das paredes e pelo movimento dos veios e rachaduras, os hieróglifos que lhe revelavam os contornos de cada psique.

Com o passar do tempo já não precisava dos relatos para adivinhar os movimentos das paredes. Tudo parecia acontecer de maneira independente, bastava o discreto manejar da trena e a luz vermelha se incidia nas paredes como a de um projetor numa tela de cinema. A sala de atendimentos era a imagem viva das profundezas do psiquismo. Não percebeu que os clientes foram escasseando até sumirem por completo e ainda que pensasse em perguntar à secretária o que poderia estar acontecendo, jamais teria resposta, pois, como o marceneiro mesmo a prevenira, nem que ela se esfalfasse de gritar seria ouvida por detrás das maciças portas de vedação do consultório, as tenazes guardiãs do seu isolamento.

Fronteira

Era de novo uma noite chuvosa quando nos reencontramos. Tinha sido uma longa viagem, você disse, o braço apoiado no umbral da porta e a pose de galã latino. Não, não era apenas para me ver, como eu gostaria que fosse. Era também, mas não só, tinha outro motivo *precioso*, a palavra castelhana para combinar com seu sotaque. Você sempre tão sincero e por isso mesmo tão descuidado. Alguma coisa dentro de mim temia que se repetisse a assombrosa falta de tempo que sempre nos guiou. Ou de ritmo.

Fui tomada pela mesma sensação estonteante de quando nos conhecemos no restaurante à beira da estrada, você acompanhado, eu acompanhada, a falta de mesa, o barulho da chuva entrecortando a conversa no balcão e o combinado às pressas para o dia seguinte antes de cada um correr sob o temporal e entrar no respectivo carro. Um encontro tão rápido quanto marcante. Naquela noite, ao fechar os olhos, era você que eu enxergava e desejei que fosse logo de manhã. Às primeiras horas do dia nos encontramos na praia úmida e cinzenta e éramos íntimos como se no decorrer da noite tivéssemos atravessado todas as distâncias que separam um país do outro.

Depois disso, nenhuma companhia além da sua numa cidade que se abria à minha frente filtrada pelos seus olhos inquietos e curiosos. Tudo imprevisível e diferente a cada dia, esse seu jeito especial de se fazer novo e de colorir a rotina com uma paleta guardada na manga da camisa. Os encontros nunca seguiam o planejado e essa era a maneira como você se conduzia pela vida, deixando espaço para o inesperado. Mesmo estando em sua cidade, tão familiar, você andava pelas calçadas inventando um passo novo a cada dia e mostrando lugares preferidos com um olhar de estrangeiro. Outras vezes, sentávamos num banco de praça, você colocava os óculos e narrava passagens de sua vida. Em tudo, a confiança de menino que tanto me encantava. Até mesmo quando nos despedimos no aeroporto, seu aceno displicente imprimindo naturalidade a uma distância que você considerava apenas geográfica. São montanhas e nada mais, foi seu adeus, a frase que ficou ecoando na minha cabeça durante o tempo que durou nossa separação.

A mesma cordilheira trouxe você de volta, entusiasmado com a ideia da fraternidade latina: uma viagem de bicicleta pelos Andes. Mas eu nem ao menos pedalava. Por que não uma caminhada ao Titicaca ou uma viagem às vinícolas platinas? Você não me deu ouvidos, só queria aventurar-se de bicicleta continente afora para cruzar todas as fronteiras e sotaques ao ritmo de suaves pedaladas. Atleta que não pretendia ser, você tentava ultrapassar a resistência de um limite preciso, como o traço que divide uma superfície em dois, o antes e o depois, o agora e o nunca mais.

Passados poucos dias você veio com a bicicleta alaranjada, um tom vibrante igual a suas ideias. A bicicleta, moderna e bem equipada, não combinava com seu desleixo, um detalhe sem importância, com um pouco de uso ela teria a sua cara e se tornaria tão pessoal como um sapato que se amolda ao formato do pé. Eu não era ousada o bastante para pedalar, mas na ânsia de acompanhá-lo sugeri uma equipe de retaguarda que providenciasse o necessário para o bom andamento da viagem e ainda garantisse a acolhida calorosa ao cansaço diário. Isso incrementaria ainda mais o projeto. Projeto, não. Sonho. Era assim que você o chamava. Porque sonhos desconhecem fronteiras, navegam no tempo e no espaço. Ao ouvir você, eu reconhecia aquele fluxo de vida exalando de seus poros como um perfume ou uma carícia, uma marca tão sedutora quanto seus repentes de euforia. O sonho, que hoje reconheço como sob medida para sua pressa inquietante, era na verdade uma burla contra o tempo que nos devora a todos, mais uma de suas máximas. Eu ainda não sabia de nada. Imersa em minha escuridão, não enxerguei os pequenos sinais, as unhas mais comidas que o usual, o arquear constante da sobrancelha e aquele fundinho de tristeza espremida onde eu poderia ter visto também a sua escuridão.

Depois de tudo planejado, seu sonho iria finalmente se concretizar. Quando veio se despedir, chovia outra vez e seu cabelo levemente molhado cheirava a alfazema. De novo sua displicência e naturalidade nas separações diante do meu espanto e desamparo, a imensidão do seu oceano e a aridez do meu deserto. Já não eram apenas montanhas. Sem considerar a maldita linha divisória e o imponderável que nos define, desisti do jantar de comemoração e fiquei em casa, antecipando uma despedida que não sabíamos definitiva. Você partia para a última viagem.

Nada como um olhar novo para o que se fez antigo, posso ouvi-lo dizer ainda hoje ao acordar para mais um dia igual a tantos. Embora o descompasso – seu silêncio intransponível, gostaria de contar que ontem, ao sair do trabalho, segui um impulso premente e comprei uma bicicleta. Ela é moderna e de uma cor vibrante como você. Há razões que nos ultrapassam.

III
NASCENTE

O tempo de cada um

Todo dia é um bom dia para nascer e para morrer. É o que pensa Pedro sempre que em situações de exames, hospital e procedimentos, tão frequentes para ele e seu coração vagabundo, como gosta de brincar. Vê pela janela o dia ensolarado, deve estar quente lá fora, no quarto a temperatura asséptica é mantida nos 18 graus, comum na unidade de recuperação. Sua mãe, sentada ao lado, deve estar sentindo frio, mas nunca reclama e ele aprendeu com ela, ou ela com ele, já não sabe, a fazer do limão a tal limonada. Pedro tem a perna amarrada na maca para não correr o risco de um movimento abrupto até que a punção na artéria femoral coagule. Mais uma das rotinas dentre as inúmeras a que se submete desde o dia em que veio ao mundo. Imagina-se sentado ao sol e apenas o pensamento já o aquece, fecha os olhos para aproveitar a sensação de calor quando a porta do quarto é aberta e entram as atendentes com Seu Edson na maca e o séquito de acompanhantes. Não, não é incômodo nenhum, sua mãe responde à enfermeira, e rapidamente a família se acomoda onde pode.

Pedro olha para os que passam diante dele, ninguém ainda o viu, estão excitados com a saída de Seu Edson da UTI depois de 21 dias. O quarto de recuperação com duas camas vira uma algazarra, um entra e sai de enfermeiros que ajeitam o paciente e os tantos acompanhantes, são muitos, todos família, pelo visto, ficam rondando Seu Edson como abelhas voejando ao redor da colmeia, até que olham para Pedro e sua mãe. Sorrisos, alegria e quase nada do recato japonês. São descendentes de duas gerações que já se apropriaram dos costumes ocidentais, embora o apertado dos olhos e a formalidade dos gestos, traços que nunca perderam. Pedro espia como se assistindo a um filme de Kurosawa. Depois de as enfermeiras acomodarem o paciente no leito, os familiares têm de se retirar por uns minutos para que o corpo de Seu Edson seja examinado sem interferência. A mãe de Pedro abre um livro para desviar a atenção e Pedro finge cochilar mas é com um olho só, o olho fechado intui os procedimentos e o aberto espia seu companheiro de quarto: um homem magro num corpo esquálido e quase sem músculos, ausência de pelos, apenas a cabeça é recoberta por uma pasta compactada de cabelos lisos e brancos; os ossos do rosto e as maçãs proeminentes parecem repuxar a pele da face para perto dos olhos, deixando a boca entreaberta. Ou talvez Seu Edson esteja sorrindo. Quando o corpo dele é virado para o lado de Pedro, os dois se olham. Pedro fala oi e brinca: aqui é melhor do que na UTI. Seu Edson assente com a cabeça e num fiapo de voz murmura que o melhor lugar é estar vivo, hã. Depende das condições, não é mesmo? Ao ouvir isso, Seu Edson sorri de verdade. Quando viram o corpo dele outra vez de barriga para cima, faz o esforço para virar a cabeça e continuar a conversa. Eu não posso me mexer, tenho ainda bastante tempo com esta perna amarrada, diz Pedro, imóvel. A enfermeira injeta a medicação no tubo que está conectado à veia do Seu Edson e logo em seguida ele fecha os olhos. Vai dormir um pouco, ela fala para si mesma, e vai em direção à porta do quarto. Pedro olha para o lado da mãe que está com o rosto voltado para o colo, o livro descaído nas mãos, provavelmente cochilando. Vê no chão a foto que caiu do livro, a enfermeira a recolhe e dá a ele antes de sair

Conhece bem a foto em preto e branco dos quatro casais, as mulheres sentadas, os maridos em pé atrás, todos sorridentes, circundados pela paisagem de pinheiros e eucaliptos. Um dos casais é seu avô e avó maternos, os demais, os melhores amigos deles. Todos sempre acompanharam a distância Pedro e sua doença do sangue azul, o nome leigo e carinhoso para falar da cardiopatia congênita que mistura sangue arterial com venoso. Seu Edson tosse algumas vezes, chuta uma das pernas, talvez um sonho ou apenas um desconforto que sacode o corpo de maneira involuntária. Pedro conhece a sensação do corpo que se mexe sem querer, por isso a perna amarrada. Na pose estática da foto que tem nas mãos, consegue enxergar ação através de pistas como o peso de um olhar, um queixo altivo, o cansaço na prega da testa, o orgulho da mão apoiada no ombro da esposa e tantos outros sinais revelados. Mesmo congelado o instante, Pedro vê o andamento do tempo. A perna amarrada lateja, é o movimento que não pode escoar, e no mesmo instante Seu Edson tosse de novo e pede para ver a foto. Ué, já acordou?, Pedro estica o braço o quanto pode para se aproximar de Seu Edson. Ah, na minha idade eu já não sei contar o tempo, nem sei se um minuto é muito ou pouco, se um remédio faz efeito prolongado ou não, vivo como posso, ele conclui ao pegar a foto, e termina a frase com o mesmo "hã". Como todos nós, Pedro fala ao apontar os quatro casais da foto, cada um com a sua história. Sim, concorda Seu Edson, cada qual com sua vida, e pelo visto estes tiveram um tempo de vida longo, hã. O tempo envelhece junto com a gente, hã. Pedro apresenta as pessoas da foto e no mesmo instante o quarto é de novo invadido pelos familiares, todos falando juntos para organizar a festa de boas-vindas a Seu Edson, que logo irá para casa. Sugestões de cardápio, perguntas sobre o desejo de cada um, a algazarra impede qualquer conversa e Pedro vê naquela família a desordem da emoção que transborda, e também na foto que recebe de volta enxerga a emoção que ultrapassa a imobilidade da pose, é como se enxergasse o momento seguinte à foto, escuta as risadas dos familiares de Seu Edson e escuta também as risadas e comentários dos quatro casais, as alianças que unem simpatias mútuas, um olhar reprovador do mais rígido, o piadista da turma que tem a voz mais sonora, enquanto que no quarto escolhem o menu e Seu Edson sorri para todos. Mas é com Pedro que ele está, o tempo e o espaço existindo como camadas que se penetram e se misturam igual ao sangue no coração de Pedro. A mãe dele quer saber das horas, mas não é ouvida, e é só quando a enfermeira entra e pergunta em tom autoritário o motivo da gritaria que todos ficam quietos e parados, como a perna imóvel de Pedro, como a fotografia que Pedro tem nas mãos.

Em seguida, a enfermeira retira todos os parentes do quarto, Seu Edson olha para Pedro, sorri e diz que está muito cansado, acha que não conseguirá comemorar com os familiares, hã, respira com dificuldade, a tosse aumenta, os lábios vão ficando azulados, a enfermeira faz a medição dos batimentos cardíacos e toca a campainha de imediato, chega outra atendente, colocam Seu Edson na maca, vão levá-lo de volta à UTI, ele murmura para convidar o companheiro de quarto para a festa mesmo assim, mas nem termina a frase, Seu Edson é retirado às pressas. Ele e o tempo dele foram para outro lugar, é o que Pedro responde quando a mãe pergunta o que está acontecendo, afinal?

Chega a hora de Pedro ir embora do hospital. O médico que o libera lhe diz que seu coração está tão bom que é mesmo como se ele tivesse nascido de novo. Sim, todo dia é um bom dia para nascer e para morrer.

Poema de você

para Sylene

É num brevíssimo instante, atendo o telefone e escuto a palavra definitiva, é curta e precisa, liguei para contar, aconteceu agora mesmo, e foi tudo bem?, quero saber, como se a ruptura pudesse ser tudo bem, a notícia é um tiro seco reverberando pelo corpo sem encontrar saída, o coração bate duro, sonoro, como será quando ele não bate mais, quando tudo perde contorno e presença, a palavra ressoa num decreto e o tempo fica lento, minucioso, vem a memória de uma fala, um gesto, sua risada de deboche, lembranças aparecendo e se desordenando como uma janela que abre e fecha, abre e fecha para um tempo que já não existe, eu disse a você que cuidaria de tudo e vou cuidar, embora não sabendo bem o tamanho de tudo, das pequenas às grandes, qualquer coisa, o que estiver em volta desta palavra imperativa de cinco letras que mesmo anunciada desde sempre é inesperada, e são tantas as providências, inúmeras, é como se eu entrasse num trem que sai em velocidade e passam pessoas e perguntas que demandam respostas, decisões imediatas enquanto o corpo continua quente, parece até respirar, a palidez que não se impôs e a clara impressão de que se eu fechar os olhos e abri-los em seguida ainda encontro você, repito a cena dos filmes em que colocam um espelho sob as narinas à procura de um alento tardio, toco em seus pés assustadoramente relaxados mas não há tempo, o trem partiu e eu atravesso portas e corredores, cumpro o que prometi, documentos, trâmites, e o vazio socando minha barriga, hora de checar se está tudo em ordem num corpo inerte, e as tantas ligações a fazer, abro sua agenda e vou espalhando a notícia, os mais próximos se ausentam, não querem ou não sabem viver a despedida, escuto calada o que cada um diz, as tantas e mesmas palavras, a cantilena do consolo e o peito espremido, faço o que tem de ser feito numa mudez eloquente, eu vou tratar de tudo, eu disse que providenciaria tudo para a consumação do fim a que somos destinados, cuido das coisas que já não têm nenhuma importância mas não há como parar, o trem não descarrila e eu não tenho aonde ir a não ser seguir o passo atropelado da finitude e suas pendências, vou agindo como um robô apesar do grito que fica me rondando, para quê, por quê tudo isso, e depois de dormir sem descansar vem o susto de no dia seguinte lembrar que ainda tem mais a ser feito, a partida é súbita e o desfecho é lento, sua casa e seus pertences no exato lugar em que foram deixados, um resto de comida no prato, as migalhas de pão, o café amanhecido na térmica, tudo esperando você aparecer com a respiração ofegante, o afeto escorregadio e a generosidade contida, se queixando como de costume do frio e do calor, do imprevisto e do programado, do gol perdido, da hora ansiada, do livro roubado, da visita que não veio, e ter de remexer em sua vida sem pedir permissão, será que tomou os remédios, será que se benzeu antes de sair, é solitário não ter respostas, é solitário escutar o eco de sua gargalhada do último dia desperto, tudo é visto e revirado, o sofá de todo dia, a vela de sete dias e a solidão de todos nós, seus segredos e seu cheiro que resistem a você, a intimidade descoberta suavizando lembranças e nos aproximando, o que for que parte carrega apenas um corpo e tudo mais tem de ser revisitado, o trem passa pelos cômodos da casa, remexe gavetas, investiga, averigua, desvela um passado sem futuro, coisas guardadas que perderam ocasião e serventia, nenhum momento mais para ser vivido, nenhuma despedida, nenhuma recomendação, nada a ser remediado diante da finitude, o relógio de cabeceira continua soando e é a primeira coisa que levo embora, seu tempo agora é outro e sua casa é silêncio, as janelas foram abertas para um mundo que continua a girar apesar da falta que você nos fará, e a claridade antes molesta mostra a poeira acumulada, e tudo é varrido e tudo é ensacado e tudo é encaixotado, o que não vai para doação fica de herança, o desfrute de uma vida inteira nos é deixado mas a sua partida leva também o que não queremos guardar e de repente me dou conta de que o trem parou e posso descer e voltar para casa, olhar em volta como se estivesse olhando um céu estrelado em noite de lua nova e só então reparo em todas as suas coisas que ficaram comigo, elas são como poemas que revelam tão somente o bom de você.

Acima das montanhas

A família entrou no carro, a mãe conferiu a condição dos quatro filhos (xixi, fome, sede), o pai checou carteira e documentos e a avó fez o sinal da cruz antes de partirem para a viagem de férias. Ansiosos, todos. Uns mais felizes do que outros. O pai, a mãe e a filha mais velha na frente, os demais filhos e a avó no banco de trás. O destino era o mesmo de sempre, a casa de campo que ficava no alto das montanhas, um percurso repleto de curvas onde enjoos eram esperados e os ânimos iam se aquecendo na medida inversa da temperatura externa. Mesmo sendo trajeto conhecido, era sempre experiência nova para cada um. As crianças mal se continham de excitação e a mãe, apesar da aparente rigidez e constantes repreendas às pequenas rusgas, sentia no peito a felicidade serena de um mundo ordenado e bem posto: tudo o que lhe era mais caro estava ali, ao alcance das mãos e dos olhos. Quanto à avó, tal felicidade era recorrente. Acordar, saber-se viva e de posse das faculdades era seu triunfo diário. O mais resumia-se em cruzar pequenas distâncias e aguardar com serenidade a sucessão de minutos até o escurecer. O pai dirigia firme e calado, às vezes pigarreava e fazia um carinho na mãe, sinal do orgulho de conduzir sua pequena nação. No espaço restrito do carro e na antecipação do destino comum, cada um vivia o instante em sua plenitude. O que houvesse de desavença entre irmãos, de diferenças entre marido e mulher ou de inquietações com o porvir era como a poeira da estrada, pequeníssimas partículas que não chegavam a embaçar a vista e logo se tornavam parte da paisagem.

À certa altura, quando as montanhas já eram visíveis, um dos filhos teve vontade de ir ao banheiro. Uns concordaram com a parada, outros não, começou a algazarra e o pai achou por bem parar no primeiro posto para esticar as pernas e tomar um café enquanto as crianças davam vazão ao volume de energia interna acumulada. A avó não quis descer, ao contrário dos netos, evitava esforços. Ficou no carro, o olhar se alongando na paisagem azulada. O desenho da cordilheira à frente determinava o limite preciso de horizonte. Na lentidão de seu tempo, recordou-se da primeira vez em que olhara àquelas montanhas, ela menina ainda, e foi como se naquele momento alguma barreira do tempo se rompesse e os dois instantes, passado e presente, tornaram-se um, era o mesmo espaço recortado na paisagem montanhosa, e ela apenas deu um suspiro quando os netos entraram no carro e a trouxeram de volta ao unicamente agora. Um deles sorriu para a avó e a viagem prosseguiu nos seus conformes.

Começaram a serra com a marcha reduzida da subida, os enjoos e a pressão nos ouvidos. Todos conheciam o truque de bocejar ou tapar o nariz e a boca para engolir e depois sentir o alívio do ouvido se abrindo para o mundo. De igual maneira, a umidade e o cheiro de mato se propagaram e as crianças respiraram com vontade a liberdade das alturas. O pai abriu a janela, a avó sentiu frio, mas o ar rarefeito diluiu qualquer temor ou recusa de expansão que pudesse atrapalhar a viagem. A avó olhou para o neto ao lado e reconheceu nele um contentamento que inundava a face deixando as bochechas vermelhas e reluzentes. Estavam quase chegando, faltava ainda atravessar a pequena cidade e vencer mais um trecho de serra. Próximo à casa começou a gritaria de quem desceria para abrir o grande portão de madeira, era honra das maiores ser o primeiro a entrar, inaugurando as férias e abrindo caminho para os demais.

No atropelo dos ânimos e na consumação da ansiedade, que imprimiu novo ritmo ao tempo, um dos netos que se sentava no meio moveu a maçaneta, a porta do carro se abriu, ele quis saltar e a avó, não se sabe se empurrada ou determinada a evitar desastre outro, caiu ao chão. Tudo rápido mas tão anunciado que parecia ação em câmera lenta, tal a precisão dos movimentos. O que já era lento congelou-se por um instante, ninguém se moveu, até que o mundo voltou a girar. A avó suspirou, o pai foi acudi-la, a mãe ralhou com os filhos e as crianças, ultrapassando a lentidão da chegada e obedecendo à fome de espaço, olharam para a avó, acenaram e correram alegres em direção a casa. A avó, deitada sobre um dos ombros, apertou os olhos com força como se assim pudesse comprimir o instante para fazê-lo caber no seu tempo-espaço futuro.

Na paisagem, uma nuvem redesenhava para sempre a aparente imobilidade das montanhas.

Meu suor vem do cloro

Conheci Tomazzino na infância. Era época das férias e como não tínhamos viagem programada, meu pai inventou o prêmio Pinguim, uma recompensa para quem estivesse nadando melhor antes da volta às aulas. Eu nem imaginava que sabia nadar tão bem. Quem percebeu e me contou foi Tomazzino, o porteiro da piscina do clube. O prêmio é seu, ele garantiu com o sotaque italianado assim que me viu na água. Tão certo como o zê dobrado do meu nome, arrematou. Depois de menos de um mês era comum alguém pedir para me ver nadando. Eu mergulhava escutando a voz de Tomazzino que anunciava a novidade do clube: olha só o estilo da nadadora baixinha, parece um peixe deslizando. Foi assim que nos tornamos parceiros naquele verão, eu nadando, ele torcendo. Cada um nasce para o que é, menina, o mais difícil é descobrir o é; depois, basta viver disso. E o seu é?, eu quis saber. Olhar para os outros, foi o que respondeu, sorrindo como se dissesse o óbvio. Não entendi bem o que isso significava e nem porque ele ganhava a vida como porteiro de piscina.

Tampouco eu iria sobreviver da natação. O mesmo pai que me empurrou para dentro d'água afogou minha carreira promissora ao recusar o convite de um treinador. Minha filha vai estudar; nadar, só nas horas vagas. Poucas e definitivas palavras, assim era meu pai. Continuei nadando, mas só para Tomazzino. Era o prazer de nadar e o prazer de sabê-lo me olhando. Até que um dia ele sumiu. Uns disseram que tinha se casado, outros que tinha ido para o interior, alguém presumiu que teria comprado um bar na zona norte, palpites que não davam conta de seu paradeiro. O certo é que andava longe do clube e da piscina. Continuei me exercitando para ele mesmo assim.

Estudei, seguindo a determinação de meu pai, e me formei em Direito. Durante todo esse período deixei de nadar apenas por um curto intervalo de tempo. Se na infância fiquei com raiva por ter sido impedida de me tornar nadadora profissional, aos poucos isso foi se diluindo e cheguei a agradecer que tivesse sido assim. Meu pai estava certo, não ser uma atleta profissional me dava autonomia para nadar quando e onde quisesse e ficava livre de contar tempo e braçadas ao som de apitos ou ter que bater recordes e forçar o corpo muito além do limite. Nadava unicamente por deleite. Apenas sentia falta de Tomazzino. A imagem dele ficou carimbada no chão da piscina e na lente dos meus óculos de natação.

Anos depois, e um sem fim de braçadas e chegadas, encontrei-o novamente. Estava distraída diante de uma banca de jornal quando reconheci a entonação cantada de sua voz perguntando por onde andava a nadadora baixinha. Ele continuava bem mais alto do que eu, sorridente e desengonçado. Gostava de trabalhar na banca por ser lugar de muita circulação. Dali podia ver o movimento de gente indo e vindo, como na piscina do clube, tentando adivinhar o é de cada um. E o seu é, como vai? Continua vivo e ativo, foi o que respondi com igual sorriso. Cada um com seu talento, cada suor com seu cheiro, arrematou. Ele me mostrou uma máquina fotográfica analógica e contou que agora gostava de fotografar pessoas, um recurso mais preciso e revelador para o olhar. Nada melhor do que um ponto de vista diferente para alargar a visão. Contei que meu pai tinha sido fanático por fotografia, possuía várias câmeras, lentes e filtros, mas fazia pouco tempo abandonara esse hobby e todas as outras coisas mais. Suas câmeras estavam sem uso, quem sabe traria alguma para ele.

Era uma época em que eu necessitava nadar diariamente e daí em diante fiz da banca meu caminho em direção à piscina. Não era no mesmo clube, eu não era mais a criança sensação das águas, mas nada disso importava. Voltava a nadar para ele. No fim daquele mês participei de uma competição e convidei-o para assistir. Quando saí da piscina ele me aplaudia e garantiu no seu sotaque italianado que o prêmio seria meu. Não esperou para me ver subir no pódio. De novo, como um esquecimento repentino, ele desaparecia sem deixar rastro. Por força do hábito, ou para mantê-lo presente na lembrança, continuei fazendo o mesmo caminho para a piscina. Como nadadora de longa distância, tinha fôlego e persistência de sobra. Era certo que voltaria a encontrá-lo.

Eu já sabia que nadar era a coisa que melhor fazia. Tomazzino tinha razão quanto ao meu é. Se eu não conseguia sobreviver da natação, esta era sem dúvida minha maneira de viver. Nadar para respirar, a certeza diária. Até meu pai, no fim de sua vida, concordou que meu suor vem do cloro quando me deu de presente um kit de piscina – o maiô, a toalha, os óculos e um par de nadadeiras, os pés-de-pato, como ele chamava. Nadava então para Tomazzino e para meu pai. Mesmo que distante dos dois.

Numa das muitas idas e vindas ao Fórum Central, reencontrei Tomazzino ancorado no meio da Praça João Mendes com um papagaio eletrônico, um carrinho e um tripé apoiando a máquina fotográfica, uma mistura de lambe-lambe com realejo. Um botão na gaiola acionava a engenhoca, o papagaio puxava um papel e ele tirava a foto da pessoa ao ler a sorte. Tudo em lugar tão preciso que dava a impressão de que aquele homem alto e desengonçado tinha nascido para aquilo. Continuava em ambiente de muito movimento, com bastante gente para olhar.

Escolhi, dentre as câmeras de meu pai, a que ele mais gostava e dei de presente a Tomazzino. Emocionado, agradeceu à memória de meu pai e, quanto a mim, poderia tirar a sorte de graça. Pedi mais, pedi que me fotografasse nadando. Para quê? Você sabe o que vai encontrar na foto, já descobriu o seu talento. Para alargar a visão, como você mesmo disse, eu respondi. Na verdade, queria colocar a foto num porta-retratos junto à imagem de meu pai. Tomazzino me fotografou na piscina e essa foi de fato a última vez que o vi.

Depois de uns meses, recebi pelo correio uma caixa. Dentro, arranjadas em ordem crescente de data, estavam centenas de fotos com o mesmo enquadramento, todos instantâneos de pessoas lendo a sorte ou olhando para alguma coisa além da câmera. Num bilhete, Tomazzino se despedia: as fotos são em agradecimento à câmera, você saberá o que fazer com elas.

Eram dias em que eu organizava os pertences de meu pai na tentativa de honrar a vida dele e dar um destino ao passado. Foi bem mais fácil com Tomazzino. Além do ganha-pão, cultura geral e algum divertimento, a vida profissional me deu inúmeros contatos e conhecimentos. Com ajuda, montei uma exposição dos retratos na mesma praça onde ficava o realejo e o inusitado do evento é que quem reconhecer-se em alguma foto poderá levá-la. Não sei se encontrará o que procura, mas nada como um olhar de fora para nos enxergarmos, Tomazzino diria com o sotaque de italiano. Tão certo como o zê dobrado de seu nome.

Baccarat

Apesar da falta de sono, ela foi se deitar. A cuidadora deixou tudo arranjado e saiu do quarto, a porta entreaberta para qualquer eventualidade. Tinha sido assim nos últimos anos, desde a sua queda. Depois, quando tudo já se encaixava em uma nova ordem, veio a morte do marido e ela se viu só de fato. Não era mulher de se abater, nada disso, tantas mazelas e cirurgias no decorrer dos anos e ao fim e ao cabo sua natureza de rocha prevalecia. No momento gozava de ótima saúde, como afirmavam e se gabavam os médicos. Concordava em parte, com certeza eles e seus tratamentos ajudavam, mas sempre soube que ninguém morria de véspera. Deitada na cama de casal, a mesma de quase sete décadas, apalpou o travesseiro desocupado do companheiro, pensou em pegar o livro para chamar o sono, mas fez diferente, virou-se para o lado da ausência e se deixou ficar. Conhecia a luminosidade da noite e cada desenho de sombra que se formava. Sentiu frio, lembrou da massagem com creme que a filha lhe fazia para aquecer os pés e do cuidado que tinha para não ferir o calo do dedinho. Sua mãe tinha o mesmo calo, as filhas tinham o mesmo calo e quem sabe as netas e bisnetas descobrissem nelas o carimbo das mulheres da família no mesmo lugar ínfimo e marcante. Fechou os olhos, encolheu as pernas, colocou as mãos sob o travesseiro e assim, deitada de lado feito uma criança, esperou. Nenhuma dor, tampouco sono. Lembrou-

-se de rezar, o antigo hábito antes de dormir, porém alguma outra coisa se impunha e cobria o corpo com a delicadeza do noturno de Chopin que o pai costumava tocar no piano e ela escutava olhando o imenso lustre de cristal Baccarat que pendia no meio da sala e iluminava a casa da infância.

A cuidadora entrou no quarto em silêncio só para apagar a luz do abajur e conferir se tudo corria bem. Fingiu dormir. Sabia que não seria mais importunada até de manhã, nenhum remédio, nenhuma aferição de sinais como pressão e temperatura, só o abrigo da noite e a sensação de conforto que nunca imaginou possível para um corpo de 90 anos. O dia tinha sido bom e movimentado (as compras no supermercado e a ida ao cabeleireiro), gostava de sair e ver pessoas, mas gostava mesmo era de quando os filhos chegavam, conhecia os horários e anseios de cada um e se preparava de maneira única para cada encontro. Filhos criados, trabalhos dobrados, era o que sua mãe dizia, embora nem isso a afligisse mais, o frio nos pés eram agulhas fisgando os pensamentos e ela roçava um pé no outro para espalhar calor tomando cuidado com o calo do dedinho. Onde guardara o creme que a filha costumava passar?

A noite parecia mais escura, talvez o vizinho tivesse apagado as luzes do quintal ou talvez fosse aquela árvore que estava muito grande e já encobria o poste da rua. Tantas vezes quis arrancá-la e sempre a mesma resposta, "árvore velha não se replanta", até que achou por bem deixar o caso de lado. Como tantas outras coisas. E não era por causa da velhice, se bem que isso ajudasse, era mais pelo sentimento (uma alegria?) de ver o mundo acontecer sem sua interferência. Igual a quando era criança, o pai tocando piano, a mãe sentada ao lado dele e as duas filhas, ela e a irmã mais nova, assistindo encantadas as notas flutuando pela sala, subindo a escada, entrando nos quartos, atravessando as paredes, se espalhando pela rua e alimentando o mundo. Os pés continuavam frios, pensou em procurar pelo creme da filha, mas encolheu-se ainda mais como se diante da lareira da casa de campo, o cheiro característico da família reunida, o braço do marido em seu ombro. Tantos anos passados na montanha e sempre o desejo de beira-mar. Agora já não havia mais faltas nem lamentos, o que era um lado e outro tinham se tornado o mesmo e único lado, e também o frio, que andava pelo corpo e se fazia sentir nas mãos, vinha de um só lugar, vinha de dentro, e era branco como será a luz no quarto quando a velha árvore for replantada, sabe-se lá onde.

O frio vai subindo nas pernas, parecem formigas trilhando o corpo. Tem horror a formigas, lembra-se delas na sala, ao redor da árvore de Natal, escalando os presentes a serem entregues durante o almoço festivo, quer sacudir as pernas e espantar a agitação, mas aquieta-se ao sentir o aconchego da família reunida em volta da mesa. Escuta um barulho no quarto ao lado, talvez a irmã se revirando na cama, será que não consegue pegar no sono?, mas não pode ser, recorda-se que no dia anterior estava na missa de um ano de morte da irmã. A única irmã. Que também gosta de escutar o noturno no piano. Estão todos reunidos, o pai, a mãe e a irmã, tem a impressão de que a esperam embora não se saiba atrasada, senta-se junto a eles e fica ouvindo as notas ressoando pela casa e atravessando as portas da memória, o pai tocando, a mãe sentada ao lado, os dois a olham com ternura e o peito queima de felicidade quando tudo nela silencia e o quarto é intensamente iluminado pelo lustre de cristal Baccarat. São cinco em ponto da madrugada.

Quando a filha chegar poucas horas depois e virar o corpo inerte na cama, encontrará no rosto o sorriso que ela deixou de despedida.

Nascente

Logo em seguida a estrada fazia uma grande curva e dava início à sinuosidade da serra. Deve ter sido por isso que ela não se deu conta do trevo e seguiu adiante. Íam entretidos na conversa sobre música, seus ritmos e tempos. O asfalto coleava ladeado por montanhas de um dia de céu muito azul, embora o companheiro de viagem achasse que a paisagem não era tão deslumbrante a ponto de ser fotografada. Este cenário é clichê, mas quanto à música, não, o mais simples é que comove, muito virtuosismo incomoda. Afirmativo, ele falava alto e talvez também isso a tenha distraído. Ou irritado. Além da sede que sentia. Sede de barulho de água caindo, de cheiro de umidade espalhado pelo mato. Tantos meses de seca tinham esgotado vários poços das redondezas e ela soube da sitiante interessada em vender uma chácara com nascentes. Era para lá que iriam, ela e o músico em busca de novas harmonias. Estranhou um pouco o entorno, não se lembrava daquele caminho e a estrada, antes conhecida, parecia nova. Sentia calor e também desconforto frente ao discurso inflamado do homem que escutava as músicas em alto som marcando o compasso nos dedos. Olha só, cinco tempos: um dois três quatro cinco, um dois três quatro cinco, um dois três um dois, é um compasso misto, ele contava e batia o dedo no painel de modo ritmado. Você consegue distinguir? Ela fez que sim com a cabeça, ainda que demorasse em perceber a marcação melódica. Achou estranho e bonito. A paisagem não fotografável também era bonita e ela foi se embalando pelas curvas ao som da variação rítmica. Nenhuma nuvem no céu, nenhum prenúncio de chuva, apenas sol e a brisa morna. Não estava segura do caminho, o músico olhou em volta e falou que parecia tudo certo, era uma paisagem como outra qualquer, algumas vacas agrupadas sob uma árvore à sombra seca do meio-dia. Como as vacas que costumavam pastar na margem do rio da cidade dela. Quando criança, gostava do ruído de água que ouvia à noite e criou o hábito de dormir com a janela entreaberta só para escutar a melodia das águas. Depois que o irmão partiu e ela se mudou para um apartamento, o mundo ficou mais estridente e o rio cada vez menos audível.

O músico mudou a faixa do CD. Isso é guarânia, compasso de três tempos, percebe como o andamento é diferente? Ao prestar atenção no ritmo, não percebeu a curva fechada logo adiante e o carro invadiu o acostamento. Ela desconhecia aquele desenho de curva em declive na estrada. Abaixou o volume para olhar o entorno como se visão e audição fossem um único sentido. O músico sugeriu que perguntassem, mas para quem? Só morro, céu azul reluzindo e vacas à sombra. Ela se queixou da sede e ele passou a garrafa d'água com altivez, deixando claro que fazia questão de ter a resposta pronta para tudo: está quente, mas serve. Pensou em falar da outra sede que sentia, quando avistou a placa indicando a direção. Estavam em sentido oposto ao desejado. O homem tirou por completo o som e aí sim, olhou em volta com ar interrogativo, estranhando não terem visto o grande trevo que os desviara da rota. Estávamos perdidos e já nos achamos, agora é só voltar e pegar a boa direção, a paisagem de fato não tem nada de mais, é tão comum que nos perdemos, viu só?

Enquanto fazia o retorno, veio a lufada de frescor, a mesma sensação que tinha quando a brisa entrava no quarto no meio da noite e ela abria os olhos para ouvir melhor o rumor das águas passando. De novo, visão e audição integradas num único sentido. Então seriam quatro sentidos em vez de cinco, pensou. Como o ritmo que agora escutavam. Quatro tempos, um dois três quatro, mais comum, percebe? Igual à monotonia da paisagem que não merece ser fotografada?, ela provocou ao aumentar o som e contemplar a volta ao conhecido. E a intuição, não seria também um sentido?, pensou, aspirando o ar cintilante da hora de sol a pino, um quadro abrasador não fosse o motivo da viagem e a perspectiva da terra com nascentes. Os dois se olharam e sorriram com simpatia, cada um encantado com a peculiar ordem do próprio universo, a paisagem e a música, um e outro intimamente comovidos. Ela fechou a janela, ele procurou outro CD, queria escutar jazz, as improvisações dariam uma boa noção das escalas e suas harmonias. Uma nuvem repentina cobriu o sol e as feições se distenderam no mesmo instante em que enxergaram a placa indicando a direção almejada: o contorno e a estradinha lateral de terra.

Alguns metros adiante, um rapaz na beira do caminho acenava e sorria pedindo carona. Ela parou o carro, o músico abriu a porta para o rapaz entrar, nenhum sobressalto nem dúvida, como se fosse cena ensaiada e aguardada, cada qual no seu papel. Em seguida, por uma fração de segundo, ela se inquietou sobre a carona, seria seguro?, procurou a cumplicidade do músico mas ele ainda revirava os CDs. O rapaz disse que estava voltando para casa. Rafael, o seu nome. Conhece a região? Hum hum. Conhece a chácara que está à venda? Hum hum. Tem nascentes? Muitas, tem até um lago que às vezes chega a transbordar. O caminho é este? Sim, mas por onde estamos indo é bem acidentado, difícil de passar; melhor pegar a estrada asfaltada até quase o final e depois subir a encosta íngreme; mais longa, porém mais confortável, exceto pelo último trecho. O músico preferiu o asfalto, o caminho de terra deixava o ambiente desolador. Tem lugar de parada no caminho? Pelo asfalto tem um posto. Ela deu meia volta e entrou novamente na estrada, as mesmas curvas, o céu azul tremulante e um sol que não estava mais a pino. Gosta de música?, o homem perguntou. Hum hum. Então vamos lá, *Take Five*, e colocou o CD de jazz. Pelo retrovisor, ela olhou para Rafael, uma cara de menino que sorria a tudo e falava pouco. Lembrou-lhe o irmão, (teriam hoje a mesma idade) e acalmou-se, quem sabe ele aliviasse a ansiedade do músico, mas o carona logo fechou os olhos parecendo cochilar. Mesmo com a música num volume alto e o tamborilar no painel.

A partir de determinado ponto o caminho desconhecido trazia uma ligeira sensação de familiaridade. Vai ver já passei por aqui antes e não me lembro ou é mesmo uma paisagem comum e nada mais. Como se lesse pensamentos, Rafael abriu os olhos e comentou que a estrada enganava, parecia igual a tantas outras e por isso mesmo era fácil de se perder e ficar andando em círculos sem sair do lugar, o mesmo que ficar repetindo sempre os mesmos acordes. Como assim?, o músico desconfiou, nada podia ser mais dissonante aos seus ouvidos do que uma afirmação imprecisa. Aqui é só seguir o asfalto, não dá nem para improvisar.

Depois da curva avistaram o posto e pararam para reabastecer. O músico e o carona desceram e ela ficou no carro olhando a paisagem e tentando adivinhar o percurso. A intuição da proximidade do destino aguçou seus sentidos como cheiro de umidade que se espalha pelo mato e penetra nos poros. Já tinha as indicações do trajeto. Decidiu deixar os dois e seguir adiante sem as aulas de música e sem o guia. Deu a partida no motor, acompanhou um pequeno trecho da estrada e encontrou uma bifurcação em v, não eram direções de todo opostas, mas a vegetação ao redor se adensava e tudo o que conseguia enxergar eram apenas algumas curvas em um caminho que ia se estreitando mais e mais. Desceu do carro, olhou em volta, aspirou o ar com força, apurou os ouvidos em busca do ruído das nascentes, procurou sob os pés a terra úmida e lodosa, sabia-se em boa direção mas faltava uma pista mais precisa sobre o caminho, teria de escolher por qual lado ir, a probabilidade de acerto e de erro era a mesma e deixou-se levar por pensamentos conflitantes, o sol que ia desparecendo tingia tudo de uma luz opaca alaranjada, era sempre neste horário que sentia no peito aquela agitação mais íntima e mais profunda, uma melancolia vinda não sabia bem de onde e que a tomara desde a partida do irmão, apertou os braços junto ao corpo, abrigando o desconsolo como se ninasse um bebê no colo, e ao escutar uma revoada estridente e rasante sentiu o sobressalto que a fez entrar no carro de imediato. Sozinha e perdida, escolheu voltar, Rafael conhecia o caminho e o músico, bem, o músico não era uma pessoa desagradável.

Ao saírem do posto, já havia escurecido. Pouco adiante, Rafael mostrou a entradinha à esquerda que antes ela não enxergara. E a bifurcação em v?, quis saber, mas Rafael não entendeu a pergunta, e a estrada logo começou o caminho ascendente. De novo a desconfiança, e se eles tivessem combinado alguma coisa na ausência dela? A atenção no caminho desviou-a dos pensamentos, todos os sentidos se ocuparam em seguir em frente e cumprir o trajeto de seu desejo, a terra com nascentes. Rafael preveniu que a subida seria íngreme e acidentada. Demora muito para chegar?, o músico quis saber. Depende da habilidade ao dirigir e também da força de vontade. Ah, entendi, é como aprender a tocar um instrumento. O músico encontrou um CD de Villa-Lobos e, dizendo ser um compositor além de seu tempo, virou-se para Rafael dando uma piscadela cúmplice. Rafael sorriu, fechou de novo os olhos, parecendo deliciar-se. Ela abriu o vidro e inspirou com força a umidade intensa do mato. Além do caminho ascendente, a companhia e a música faziam com que se sentisse nas alturas. Lembrou-se mais uma vez do irmão que dizia que depois da morte sempre vem um nascimento. Mesmo que não conseguisse fechar o negócio, estava aprendendo o caminho para a terra com nascentes. Era o quanto lhe bastava no momento.

Alguns dos contos foram divulgados em revistas ou editados em livros:

- "Entrega" ("Primeiro encontro") e "Vento solar", em *Memórias embaralhadas*, Mguarnieri Editorial, 2015.
- "Vestido amarelo", na *Revista E*, Sesc, abril de 2013.
- "Cidadela" ("O consultório"), em *Antologia UBE*, Global Editora, 2015.

Este livro é uma mistura de invenção com histórias vividas ou contadas. Embora o anonimato preservado, agradeço aos amigos que vão se reconhecer em passagens dos contos ou em seus relatos que viraram ficção.

Em especial, agradeço a Pedro Neves que me deu o protagonismo do conto "O tempo de cada um".

Agradeço a Edmar Monteiro Filho, Leonel Prata, Malu Perrone Passos e May Parreira e Ferreira pela leitura do original e a Marcelo Degrazia pela revisão atenta e cuidadosa.

Esta obra foi composta em Fournier e impressa em papel
pólen bold 90 g/m² para a Editora Reformatório,
em novembro de 2020.